사람은 무엇으로 사는가

이음문고

목차

사람은 무엇으로 사는가

"우리는 형제들을 사랑하기 때문에 우리가 이미 죽음에서 생명으로 건너갔다는 것을 압니다. 사랑하지 않는 자는 죽음 안에 그대로 머물러 있습니다."

-요한의 첫째 서간 3장 14절

"누구든지 세상 재물을 가지고 있으면서 자기 형제가 궁핍한 것을 보고도 마음을 닫아버리면, 하느님의 사랑이 어떻게 그 사람 안에 머무를 수 있겠습니까? 자녀 여러분, 말과 혀로 사랑하지 말고 행동으로 진리 안에서 사랑합시다."

-요한의 첫째 서간 3장 17~18절

"사랑하는 여러분, 서로 사랑합시다. 사랑은 하느님에게서 오는 것이기 때문입니다. 사랑하는 이는 모두 하느님에게서 태어났으며 하느님을 압니다. 사랑하지 않는 사람은 하느님을 알지 못합니다. 하느님은 사랑이기 때문입니다."

-요한의 첫째 서간 4장 7~8절

"지금까지 하느님을 본 사람은 없습니다. 그러나 우리가 서로 사랑하면 하느님께서 우리 안에 머무시고 그분의 사랑이 우리에게서 완성됩니다."

-요한의 첫째 서간 4장 12절

"하느님은 사랑입니다. 사랑 안에 머무는 사람은 하느님 안에 머물고 하느님도 그 사람 안에 머무십니다."

-요한의 첫째 서간 4장 16절

"'나는 하느님을 사랑한다'면서 형제를 미워하는 자는 거짓말쟁이입니다. 눈에 보이는 형제를 사랑하지 않는 사람이 보이지 않는 하느님을 사랑할 수는 없습니다."

-요한의 첫째 서간 4장 20절

*

시몬이라는 구두장이가 있었다. 집도 땅도 없는 무일푼이라 아내, 아이들과 함께 농부의 오두막에 세 들어 구두를 지으며 하루하루 먹고살았다. 품삯은 싸고 빵은 비싸다 보니 버는 돈은 몽땅 먹는 데 들어갔다. 구두장이 부부는 양가죽 외투 한 벌을 나눠 입으며 겨울을 났는데, 그마저도 너무 낡고 해져서 입기 힘든 지경이었다. 작년부터 새 외투를 지을 양가죽을 사려고 벼르는 참이었다. 다행히 겨울을 앞두고 웬만큼 돈이 모였다. 아내의 장롱에 모아둔 돈이 3루블쯤 되고 마을 사람들에게 받을 돈도 5루블 20코페이카 정도 있었다.

어느 날 아침 시몬은 양가죽을 사러 마을에 갈 차비를 했다. 아침 식사를 마친 뒤 셔츠 위에 아내의 누비 재킷을 입고 자신의 모직 외투를 걸쳤다. 주머니에 지폐 3루블을 넣은 다음 나뭇가지를 꺾어 만든 지팡이를 들고 집을 나서며 생각했다. '먼저 외상값 5루블을 받고, 지금 가진 돈 3루블을 보태면 겨울 외투를 지을 양가죽을 살 수 있을 거야.'

그는 마을로 나가 농부의 집을 찾아갔다. 하지만 농부는 없고 대신 농부의 아내가 다음 주에는 반드시 남편 편에 돈을 보내겠다고 약속했다. 결국 시몬은 돈을 받지 못한 채 다른 농부를 찾아갔다. 두 번째 농부 역시 맹세코 돈이 없다며 가죽 부츠 수리비로 20코페이카만 주었다.

시몬은 할 수 없이 외상으로 양가죽을 사려 했지만 주인이 단번에 거절했다. "돈을 가져오시오. 어떤 가죽이든 줄 테니까. 외상값 받는 게 얼마나 어려운지 당신도 잘 알잖소."

결국 구두장이가 손에 쥔 거라곤 부츠 수선비 20코페이카와 농부가 밑창을 갈아달라고 맡긴 가죽 부츠

한 켤레뿐이었다.

기운이 쭉 빠져버린 시몬은 20코페이카를 보드카 마시는 데 홀랑 써버리고는 빈손으로 집을 향해 터덜터덜 발길을 돌렸다. 아침에 길을 나설 때는 추웠는데 술이 한 잔 들어가자 몸이 후끈했다. 양가죽 코트조차 걸치지 않았는데 말이다. 그는 한 손으로는 꽁꽁 얼어붙은 땅을 지팡이로 두드리고 다른 손으로는 부츠를 흔들며 혼잣말을 중얼댔다.

I

"양가죽 외투 따위 걸치지 않아도 따뜻하기만 하네! 달랑 한 잔 했는데 온몸이 후끈후끈해지는 게 양가죽 외투 같은 건 없어도 되겠어. 괜찮아, 걱정할 거 없다니까. 이 몸은 그런 분이라고! 뭐가 문제야? 그깟 양가죽 외투 따위 없이도 잘 살 수 있어. 그나저나 마누라가 걱정이구먼. 분명 바가지깨나 긁어댈 텐데. 암, 그러고도 남지. 죽어라 열심히 일해도 돈을 벌지 못하다니 정말 화딱지 나는군. 이제 더 이상 그런 짓은 하지 않을 거야! 이봐, 지금 당장 돈을 갚지 않으면 하늘에 맹세코 당신들 가죽을 벗겨버리겠어. 정말이야! 아니, 어쩌면 그럴 수 있지? 달랑 20코페이카를 주다니! 20코페이카로 뭘 할 수 있겠어? 술 한 잔 마시니 끝이잖아! 쪼들린다고? 그래, 그럴 수도 있지. 그런데 나는 어때? 당신들은 집도 있고 소도 있고 다 있잖아. 내가 가진 건 이 몸뚱이 하나뿐이란 말이야! 당신들은 직접 농사지어 먹고 살지만 난 전부 사야 한다고. 아무리 아껴도 빵 사는 데만 일주일에 3루블은 있어야 해. 집에 가면 빵이 떨어졌을 테니 또 1루블 50코페이카를 내놔야 한다는 말이야. 그러니까 잔말 말고 외상값을 갚으라고!"

씩씩대며 걷다 보니 어느새 길모퉁이 교회 근처였다. 그런데 교회 뒤쪽에서 뭔가 희끄무레한 것이 보였다. 이미 해가 저물고 있어서 눈을 크게 뜨고 살펴봐도 제대로 알아볼 수 없었다.

"여기 저런 하얀 바위 같은 건 없었는데. 소인가? 소 같지는 않은데. 머리를 보면 사람 같긴 한데 사람치고는 너무 하얗잖아. 게다가 사람이 이런 곳에서 저러고 있을 리도 없고."

구두장이가 좀 더 가까이 다가가보니 똑똑히 알아볼 수 있었다. 놀랍게도 사람이었다. 살았는지 죽었는지는 모르겠지만, 하여튼 벌거벗은 채 꼼짝도 않고 교회 벽에 기대 앉아 있었다. 구두장이는 덜컥 겁이 났다. '누군가 이 사람을 죽이고 옷을 벗겨서 여기에 버린 게 분명해. 괜히 더 가까이 갔다가 무슨 봉변을 당할지 몰라.'

구두장이는 당장 발길을 돌렸다. 교회 앞을 지나 그 남자가 잘 보이지 않을 때쯤 뒤를 돌아보았다. 그는 더 이상 벽에 기대지 않고 조금씩 몸을 움직이고 있었다. 자신을 바라보는 것도 같았다.

구두장이는 더욱 겁이 나서 중얼거렸다. "저 사람에게 가볼까, 아니면 가던 길을 계속 갈까? 더 가까이 갔다가 험한 꼴을 당할 수도 있잖아. 저놈이 어떤 놈인 줄 알고? 좋은 일로 여기서 저러고 있을 리가 없잖아. 가까이 다가갔다가 벌떡 일어나 목이라도 조르면 꼼짝없이 당하고 말 거 아니야. 그렇지는 않더라도 골치 아파질 수도 있어. 벌거벗은 사람에게 뭘 해줄 수 있겠어? 옷을 벗어줄 수도 없는데. 내가 어찌할 수 없는 일이야!"

구두장이는 교회를 뒤로하고 걸음을 재촉했다. 하지만 자꾸만 양심의 가책이 느껴져 걸음을 멈추고 혼잣말을 했다. "시몬, 지금 뭐 하는 짓이야? 사람이 헐벗은 채 죽어가는데 겁먹고 슬그머니 도망치다니. 도둑을 두려워할 만큼 대단한 부자라도 된다고 생각해? 이런, 시몬, 부끄러운 줄 알라고!"

시몬은 발걸음을 돌려 남자에게 다가갔다.

Ⅱ

시몬이 다가가 살펴보니 그는 건장한 젊은이였다. 몸에 얻어맞은 멍 자국 같은 것도 없고 그저 꽁꽁 얼어붙은 채 겁에 질려 있을 뿐이었다. 젊은이는 시몬 쪽은 쳐다보지도 않고 벽에 기대 앉아 있었다. 눈을 뜰 힘조차 없는 것 같았다. 시몬이 가까이 다가가자 젊은이는 그제야 정신이 든 듯 고개를 들고 눈을 떠서 시몬을 바라보았다.

그의 표정을 본 순간 시몬은 젊은이가 마음에 들었다. 바닥에 부츠를 벗어놓고 허리띠를 풀고 코트를 벗으며 시몬이 말했다. "이야기는 나중에 하고 우선

이 코트를 입어요!"

젊은이를 부축해 일으키고 보니 그의 몸은 상처 하나 없이 깨끗했으며 체격이 좋았다. 손과 발도 말끔한데다 얼굴도 호감 가는 미남형이었다. 시몬이 젊은이의 어깨에 코트를 걸쳐줬지만 그는 소매에 팔을 넣지 못했다. 시몬은 젊은이의 두 팔을 소매에 넣어주고는 코트를 여미고 허리띠를 묶어주었다.

시몬은 낡은 모자도 벗어서 그에게 씌워주려 하다가 머리로 추위가 스며들자 다시 쓰며 생각했다. '나는 머리숱이 별로 없지만 저 친구는 긴 고수머리라서 괜찮을 거야. 대신 신발을 주는 게 낫겠어.'

그 남자를 다시 앉히고는 부츠를 신기며 말했다. "이봐요, 젊은이, 이제 좀 움직이면 몸이 따뜻해질 걸세. 다른 문제는 차차 얘기하자고. 그런데 걸을 수는 있겠소?"

그 남자는 일어나서 따뜻한 눈길로 시몬을 바라보았다. 하지만 한 마디도 하지 않았다.

"어째서 말을 하지 않는 거요? 여기 있다간 얼어죽고 말 테니 우선 집으로 가야 해. 기운이 없으면 여기

내 지팡이를 짚으며 걷게나. 자, 이제 가세!"

그러자 젊은이는 발걸음을 뗐다. 그는 시몬에게 뒤처지지 않으며 잘 따라 걸었다.

함께 걸어가며 시몬이 물었다. "고향이 어디요? 이 근방에서는 못 본 것 같은데."

"저는 이 고장 사람이 아닙니다."

"아무렴 그렇겠지. 난 여기 사람들을 다 알거든. 그러니까 내 말은 어쩌다 이 교회까지 오게 된 거냔 말이오."

"말할 수 없습니다."

"누군가에게 몹쓸 짓을 당한 거요?"

"그런 일은 없었습니다. 하느님께 벌을 받은 것이지요."

"하기야 모든 게 하느님의 뜻이지. 어쨌든 자네도 머무를 곳을 찾아야 하지 않겠소. 어디로 갈 생각이오?"

"딱히 정해진 곳은 없습니다."

시몬은 깜짝 놀랐다. 젊은이는 나쁜 사람처럼 보이지 않고 말투도 공손했지만 자신에 대해서는 한 마디도 하지 않으려 했다. 시몬은 '무슨 말 못 할 사정이라도 있나 보군'이라고 생각하며 낯선 이에게 말했다. "그러면 나랑 우리 집으로 갑시다. 잠시나마 몸을 녹일 수 있을 거요."

시몬은 집을 향해 걸음을 옮겼다. 낯선 이도 그와 나란히 걸었다. 바람이 거세지며 시몬은 셔츠 밑으로 추위가 스며드는 것을 느꼈다. 지금까지는 술기운으로 버텼는데 이제 슬슬 추워지기 시작했다. 그는 코를 훌쩍이며 아내의 재킷을 여몄다. '그나저나 양가죽은 어쩐다지? 양가죽을 사겠다고 나가서는 입고 있던 외투까지 벗어주고 설상가상으로 벌거벗은 남자까지 데려왔으니, 마트료나가 성질깨나 내겠군!' 아내가 화낼 생각을 하자 시몬은 기분이 울적해졌다. 하지만 옆에서 걷는 낯선 젊은이를 보니, 그가 교회 앞에서 자신을 바라보던 표정이 떠올라 기분이 좋아졌다.

Ⅲ

그날 시몬의 아내는 일찌감치 집안일을 마쳤다. 장작을 패고 물을 길어놓고 아이들에게 밥을 차려준 뒤 자신도 밥을 먹고는 언제쯤 빵을 구워야 하나 생각하며 앉아 있었다. 지금 구울까, 아니면 내일? 아직 큰 덩어리 하나가 남아 있긴 했다. '시몬이 마을에서 점심을 제대로 챙겨 먹었으면 집에 와서 저녁을 그리 많이 먹진 않겠지. 잘하면 하루를 더 버틸 수 있을 거야.'

그녀는 손에 빵을 올려놓고 몇 번이고 양을 가늠해 보며 생각했다. '오늘은 굽지 말자. 밀가루도 얼마 남지 않았잖아. 이걸로 금요일까지 버텨야 해.'

빵을 치워놓고는 남편의 해진 셔츠를 기우려고 식탁에 앉았다. 바느질을 하며 남편이 겨울 외투용으로 어떤 가죽을 사올지 생각해보았다. "가죽 장수에게 속으면 안 될 텐데. 이 양반은 착한데 너무 어수룩해서 걱정이야. 자기는 아무도 속이지 못하면서 애들한테도 사기당할 위인이잖아. 그래도 8루블이면 적지 않은 돈인데, 그 값만큼 좋은 가죽을 사오겠지. 무두질한 고급 가죽은 아니더라도 겨울 외투로 적당한 걸 골랐겠지. 작년 겨울에는 따뜻한 외투 한 벌 없이 지내느라 얼마나 고생했어. 강은커녕 어디도 갈 수 없었잖아. 그 사람이 입을 만한 걸 죄다 걸치고 나가면 나는 입을 게 없었으니 말이야. 그나저나 왜 이리 늦는 거지? 아침 일찍 떠나진 않았어도 이제 올 때가 됐는데. 혹시 술이나 진탕 마시고 있는 거 아니야?"

바로 그때 현관 계단이 삐걱대며 누군가 들어오는 소리가 들렸다. 마트료나가 바느질감에 바늘을 꽂고 복도로 나가보니 시몬이 모자도 없이 털부츠만 신은 사내와 들어서는 참이었다.

마트료나는 단번에 남편이 술을 마셨다는 걸 알아차렸다. "그럼 그렇지, 역시나 또 퍼마시고 왔구나." 시몬은 빈손에다 코트도 없이 재킷만 입은 채 염치없는 표정으로 서 있었다. 그녀는 실망감에 화가 머리끝까지 치밀어 올랐다. "저 부랑자 같은 놈이랑 술 퍼마시느라 돈을 다 써버리고는 집까지 끌고 온 모양이군."

마트료나는 그들을 집 안으로 들인 뒤 낯선 사내를 훑어보았다. 젊은이는 호리호리한 몸에 남편의 외투만 걸쳤을 뿐 속에는 셔츠도 입지 않고 모자도 쓰지 않았다. 집 안으로 들어온 젊은이는 꼼짝도 않고 서서 바닥만 내려다보고 있었다. '뭔가 나쁜 짓을 한 것이 분명해. 그러니 이렇게 겁을 먹은 거지.' 마트료나는 인상을 찌푸린 채 화덕 옆에 서서 그들이 뭘 하는지 지켜보았다.

시몬은 모자를 벗고는 아무 일 없다는 듯 의자에 앉으며 말했다. “마트료나, 저녁거리 있으면 상 좀 차려줘.”

하지만 마트료나는 혼잣말을 구시렁대며 화덕 옆에서 꼼짝도 않은 채 그들을 번갈아 보면서 고개만 절레절레 저었다.

시몬은 아내가 화났다는 걸 알아챘지만 모른 체하며 젊은이의 팔을 잡고 말했다. “앉게나, 젊은이. 뭘 좀 먹어야지.”

낯선 젊은이가 의자에 앉았다.

“아무것도 안 차려줄 거야?”

시몬이 재촉하자 마트료나의 화가 폭발했다. “저녁 준비를 하긴 했지만 당신 줄 건 없어. 보아하니 분별력까지 마셔버린 모양이군. 외투 만들 양가죽을 산다고 나가서는 빈손으로 벌거벗은 부랑자나 데려온 걸 보니 말이야. 당신 같은 술주정뱅이에게 줄 저녁 따위는 없어.”

"그만해, 마트료나. 앞뒤 사정을 잘 알지도 못하면서 함부로 말하지 말라고. 이 친구가 누군지 물어나 보고…."

"좋아, 그럼 돈은 어디다 썼어?"

시몬은 재킷 주머니를 뒤져 지폐 3루블을 꺼내놓았다. "돈은 여기 있어. 트리포노프한테는 돈을 못 받았어. 하지만 곧 주겠다고 다짐받았어."

하지만 마트료나의 화는 가라앉지 않았다. 양가죽도 사지 못한 데다 하나뿐인 코트는 벌거벗은 젊은이에게 입혀서 집으로 데려오다니.

그녀는 식탁의 돈을 낚아채어 찬장 깊숙한 곳에 숨겨놓으며 말했다. "어쨌거나 당신에게 줄 저녁은 없어. 이 세상의 모든 벌거숭이 주정뱅이를 먹일 저녁은 없다고."

"그만해, 마트료나. 말 좀 조심하라고. 먼저 이 친구가 하는 말 좀 들어보고…."

"주정뱅이가 하는 이야기는 들을 만큼 들었어. 당신 같은 술꾼하고는 결혼하는 게 아닌데. 우리 엄마가 주신 옷감도 술값으로 날리더니 이제는 코트 살 돈까지 술값으로 날려버렸군!"

시몬은 술값으로 쓴 돈은 겨우 20코페이카뿐이고 저 젊은이를 어떻게 만났는지 설명하려 애썼지만 도저히 끼어들 수 없었다. 마트료나는 속사포처럼 쏘아대며 10년도 더 전의 일까지 끄집어냈다.

마트료나는 한참을 쏘아대더니 시몬에게 달려들어 그의 옷소매를 잡아쥐었다. "내 재킷 이리 내. 하나뿐인 외투인데 그걸 빼앗아 입다니. 어서 내놔, 거지 같은 양반아. 악마는 뭐 하나, 이런 인간 안 잡아가고."

시몬이 재킷 단추를 풀고 한쪽 소매에서 팔을 빼려 할 때 마트료나가 잡아채는 바람에 솔기가 뜯어지고 말았다. 그녀는 소매를 홱 팽개치고는 문가로 갔다. 밖으로 나가려다 마음을 결정하지 못한 듯 걸음을 멈추었다. 일단 화를 누르고 저 낯선 사내가 누군지 알아봐야겠다는 생각이 들었다.

Ⅳ

마트료나는 멈춰서서 말했다. "저 젊은이가 선량한 사람이라면 저렇게 벌거벗고 있을 리가 없어. 셔츠

한 장 걸치지 않고 말이야. 이 사람이 나쁜 사람이 아니라면 어디서 데려왔는지 얘기해봐."

"내가 바로 그 얘기를 하려는 거였어." 시몬이 자초지종을 설명했다. "교회 앞을 지나는데 이 젊은이가 벌거벗은 채 꽁꽁 얼어붙은 게 아니겠어. 이런 날씨에 벌거벗은 채 있다니! 하느님께서 이 친구에게 나를 보내지 않으셨다면 분명 얼어죽고 말았을 거야. 그 상황에서 내가 뭘 할 수 있었겠어? 무슨 일이 일어날지 뻔히 보이는데 말이야. 그래서 이 친구에게 다가가 옷을 입히고 데려온 거야. 그러니 너무 화내지 말라고, 마트료나. 그러면 죄 짓는 거라니까. 사람이라면 언젠가는 죽는다는 걸 기억해야지."

마트료나는 한바탕 욕을 퍼부으려다 젊은이를 보고 입을 다물었다. 젊은이는 꼼짝도 않고 의자 끄트머리에 앉아 무릎에 손을 올려놓고 고개를 푹 숙인 채 고통스러운 듯 눈썹을 찌푸리며 눈을 감고 있었다.

마트료나가 잠자코 있자 시몬이 입을 열었다. "마트료나, 당신은 자비심이라곤 없는 거야?"

그제야 마트료나는 낯선 젊은이를 바라보았다. 갑

자기 마음이 스르르 풀렸다. 부엌으로 가서 저녁거리를 챙겼다. 식탁에 컵을 놓고 크바스*를 따라주고는 남아 있는 빵 한 덩이를 가져와 나이프와 스푼을 놓아주며 말했다. "어서 들어요."

시몬은 젊은이를 식탁으로 데려왔다. "앉게나, 젊은이."

시몬은 빵을 잘라서 국물에 적셔 먹기 시작했다.

마트료나는 식탁 가장자리에 턱을 괴고 앉아 낯선 젊은이를 바라보았다. 그러자 젊은이에게 동정심이 들며 호감이 생겨나기 시작했다. 그 순간 젊은이의 얼굴이 밝아졌다. 찡그렸던 눈썹을 펴고 고개를 들어 마트료나에게 미소를 지어 보였다.

저녁 식사를 마치자 마트료나는 식탁을 치우고 젊은이에게 물었다. "고향이 어디예요?"

"이 고장 사람이 아닙니다."

"그러면 어쩌다 그 모양으로 길가에 버려져 있었던 거예요?"

"그건 얘기할 수 없습니다."

* 러시아의 전통 술로 호밀과 보리 혹은 흑빵과 효모를 원료로 만든다.

"강도라도 당한 거예요?"

"하느님께 벌을 받은 겁니다."

"그래서 벌거벗은 채 쓰러져 있었던 거라고요?"

"네, 그렇습니다. 그래서 벌거벗은 채 얼어죽어가고 있었던 겁니다. 시몬이 저를 보고는 불쌍히 여겨서 코트를 벗어 입혀주고 여기까지 데려와주셨죠. 그리고 당신도 인정을 베풀어 제게 먹을 것과 마실 것을 주셨습니다. 하느님께서 은총을 베푸실 겁니다."

마트료나는 창가로 가서 기워놓은 시몬의 낡은 셔츠를 가져다 젊은이에게 주었다. 바지도 가져다주었다. "자, 셔츠도 안 입었던데 이거 입어요. 그리고 다락이든 화덕 옆이든 편한 곳에서 자요."

젊은이는 코트를 벗고 셔츠를 입은 뒤 다락에 누웠다.

마트료나는 촛불을 끄고는 코트를 챙겨 남편 옆에 누웠다. 코트를 덮고 누웠지만 좀체 잠을 이룰 수 없었다. 처음 만난 젊은이 생각을 떨칠 수가 없었다.

시몬과 젊은이가 마지막 남은 빵을 먹어치웠으니 당장 내일 먹을 것도 없는데 셔츠와 바지까지 내주었다는 데 생각이 미치자 마음 한구석이 무거웠지만,

한편으론 젊은이가 미소 짓던 모습을 떠올리니 기쁘기도 했다.

마트료나는 한참 동안 잠을 이루지 못하고 뒤척였다. 시몬 역시 깨어 있었다. 시몬이 코트를 자기 쪽으로 끌어당기자 마트료나가 그를 불렀다.

“시몬!”

“왜 불러?”

“마지막 남은 빵을 먹어버렸으니 내일 일어나서 먹을 게 없어 어쩐다지. 이웃집 마르타에게 사정 좀 해봐야겠어.”

“설마 산 입에 거미줄 치겠어?”

마트료나는 한참을 잠자코 있다가 마침내 입을 열었다. “나쁜 사람 같지는 않아 보이던데 어째서 자기 이야기를 하지 않는 걸까?”

“그럴 만한 사연이 있겠지.”

“시몬!”

“왜 그래?”

“우리는 베풀고 사는데, 어째서 우리에게 베푸는 사람은 아무도 없는 걸까?”

시몬은 대답할 말을 찾지 못해 힘없이 대답했다. "그만하자고." 그러고는 돌아누워 잠을 청했다.

V

아침이 되어 시몬이 눈을 떠보니 아이들은 아직 자는 중이고 아내는 이웃집에 빵을 얻으러 나가고 없었다. 젊은이는 낡은 셔츠와 바지를 입고 의자에 앉아 허공을 올려다보고 있었다. 어제보다 표정이 밝았다.

시몬이 말을 걸었다. "이보게, 젊은이. 배에서는 먹을 걸 달라고 아우성이고 헐벗은 몸에는 옷도 걸쳐야 한다네. 먹고살려면 일을 해야 하는 법이지. 자네가 할 줄 아는 일은 뭔가?"

"할 줄 아는 게 없습니다."

시몬은 적잖이 놀랐지만 자상하게 말을 이었다. "배우려고만 한다면 뭐든 배울 수 있을 걸세. 자네 이름은 뭔가?"

"미하일입니다."

"그래, 미하일, 사연을 말하고 싶지 않다면 그렇게 해. 하지만 먹고살려면 돈을 벌어야지. 내 말대로 자네가 일을 한다면 숙식은 우리 집에서 해결하게."

"하느님의 축복이 내리시길. 뭐든 배우겠습니다. 뭘 해야 할지 알려주십시오."

시몬은 실을 가져와 엄지손가락에 감고 꼬기 시작했다.

"굉장히 쉬워. 보게."

미하일은 시몬의 손놀림을 유심히 보더니 엄지손가락에 실을 감고는 솜씨 좋게 꼬았다. 다음은 실에 기름 먹이는 법을 알려주자 이번에도 금세 배워서 익혔다. 털을 꼬고 바느질하는 법 역시 단번에 배워버렸다.

시몬이 무엇을 알려주든 미하일은 금방 이해해서 사흘이 지났을 때는 마치 평생토록 부츠를 만들어온 듯 능숙하게 일을 해낼 수 있었다. 그는 쉬지 않고 일하면서도 아주 조금만 먹었고 일을 마치면 조용히 앉아 하늘만 올려다보았다. 집 밖에도 잘 나가지 않고 필요한 말만 할 뿐 농담하거나 웃는 일도 없었다. 마트료나가 처음 식사를 차려준 저녁 이후 미소를 짓지도 않았다.

Ⅵ

하루하루가 흐르고 몇 주가 흘러 어느새 1년이 지났다. 미하일은 시몬과 함께 살며 일을 도왔다. 시몬의 조수 미하일이 누구보다 깔끔하고 튼튼하게 부츠를 꿰맨다는 소문이 퍼지자 주문이 밀려들면서 시몬의 살림살이가 점점 나아지기 시작했다.

어느 겨울날이었다. 시몬과 미하일이 앉아 일하는데, 시몬의 집 쪽으로 세 마리 말이 끄는 썰매마차가 종을 울리며 달려오고 있었다. 창밖을 내다보니 마차가 집 앞에 서고 잘 차려입은 시종이 마부석에서 뛰어내리는 모습이 보였다. 시종이 마차 문을 열자 털코트를 입은 신사가 내려 시몬의 오두막으로 걸어왔다. 마트료나는 깜짝 놀라서 달려가 문을 활짝 열었다. 신사가 허리를 숙여 오두막에 들어와 몸을 일으키자 키는 머리가 천장에 닿을 듯 크고 체격은 방 안에 꽉 찰 듯 건장했다.

시몬은 깜짝 놀라 자리에서 일어나 고개 숙여 인사하고는 신사를 바라보았다. 지금껏 이렇게 풍채가 좋은 사람은 본 적이 없었다. 시몬은 야윈 편이고 미하일도 말랐으며 마트료나 역시 깡말랐는데, 이 남자는 다른 세상에서 살고 있는 듯 혈색 좋은 얼굴에 소처럼 목이 굵고 몸집이 우람했다. 그의 몸은 마치 강철로 빚어놓은 듯 단단해 보였다.

신사는 숨을 거칠게 내쉬며 털코트를 벗고 긴 나무 의자에 앉아 물었다. "여기 구둣방 주인이 누군가?"

"접니다, 나리." 시몬이 앞으로 나서며 대답했다.

그러자 신사는 시종에게 소리쳤다. "이봐, 페드카, 가죽을 가져와라!"

시종이 짐 꾸러미를 들고 달려왔다. 신사는 짐 꾸러미를 받아 탁자에 놓았다.

"풀어라."

시종이 꾸러미를 풀자 신사가 가죽 꾸러미를 가리키며 말했다. "구두장이 양반, 이리 와서 이 가죽 좀 보게!"

"네, 나리."

"이게 어떤 가죽인지 알겠나?"

시몬은 가죽을 만져보고 대답했다. "정말 고급 가죽이군요."

"정말 좋은 거지! 당신 같은 사람은 언감생심 꿈도 꾸지 못할 가죽이지. 20루블이나 주고 산 독일산이야."

시몬은 덜컥 겁이 나서 말했다. "물론입죠. 저 같은 놈이 어디서 이렇게 좋은 가죽을 만져보기나 하겠습니까?"

"암, 그렇고말고! 이 가죽으로 내 부츠를 만들 수 있겠나?"

"네, 나리, 할 수 있습니다."

그러자 신사가 소리쳤다. "할 수 있다고 했겠다? 자네가 만드는 부츠의 주인이 누구고 이 가죽이 어떤 가죽인지 알고 하는 소리겠지? 1년을 신어도 모양이 흐트러지거나 뜯어지지 않는 부츠를 만들어야 해. 그렇게 할 수 있다면 이 가죽을 가져가서 재단하게. 하지만 그럴 수 없다면 안 된다고 말하게. 1년 안에 부츠가 뜯어지거나 모양이 흐트러지면 자네를 감옥에 넣어버릴 거야. 하지만 1년 동안 뜯어지지도 않고 모양도 흐트러지지 않는다면 10루블을 더 주겠네."

시몬은 두려운 나머지 뭐라 대답해야 할지 몰라 미하일을 쳐다보곤 팔꿈치로 찌르며 목소리를 낮춰

물었다. "이 일을 맡아야 할까?"

미하일은 그러라는 듯 고개를 끄덕였다.

시몬은 힘을 얻어 1년을 신어도 뜯어지거나 모양이 흐트러지지 않는 부츠를 만들 수 있다고 대답했다.

신사는 시종을 불러 왼쪽 부츠를 벗기게 하고는 다리를 펴며 말했다. "치수를 재게!"

시몬은 종이를 꿰매 이어서 43센티미터 길이로 만든 뒤 팽팽하게 잡아당기고는, 무릎을 꿇은 채 신사의 양말을 더럽히지 않도록 앞치마에 손을 닦고 치수를 재기 시작했다. 먼저 발바닥 길이를 재고 종이를 둘러 발등 높이를 쟀다. 다음은 종아리 둘레를 재려 했지만 종이가 부족했다. 그의 종아리는 마치 굵은 기둥 같았다.

"다리가 꽉 껴서는 안 되니까요."

시몬은 종이 한 장을 덧대어 꿰맸다.

신사는 양말 신은 발가락을 꼼지락거리며 시몬의 오두막을 둘러보다 미하일을 발견했다.

"저기 있는 사람은 누군가?"

"제 조수입니다. 저 친구가 부츠를 꿰매지요."

"이봐, 부츠가 1년은 튼튼하게 유지되어야 한다는 걸 명심해." 신사가 미하일을 쳐다보며 말했다.

시몬 역시 미하일을 바라보았다. 하지만 미하일은 신사 대신 그 뒤의 한 구석을 빤히 바라보고 있었다. 마치 누군가 있는 듯했다. 미하일은 한참을 바라보더니 갑자기 미소를 지었다. 이어서 미하일의 얼굴이 환하게 밝아졌다.

"뭘 보고 있는 거야, 이 멍청아?" 신사가 버럭 소리를 질렀다. "부츠를 제 시간에 만들 생각이나 하란 말이다."

"제때 준비해놓겠습니다." 미하일이 대답했다.

"명심해라."

신사는 부츠를 신고 털코트를 입고 가죽을 두른 뒤 문간으로 갔다. 하지만 머리 숙이는 걸 깜박한 탓에 문틀에 머리를 부딪치고 말았다. 그는 욕을 내뱉으며 머리를 문지르고는 마차를 타고 떠나갔다.

그가 떠난 뒤 시몬이 말했다. "대단한 양반일세! 몽둥이로 내려쳐도 끄떡없겠어. 문틀에 부딪치고도 상처 하나 남지 않은 것 좀 봐."

마트료나가 말을 받았다. "저렇게 잘 먹고 잘사는데 어떻게 튼튼하지 않겠어? 죽음의 신도 저런 사람은 피해갈 거야."

Ⅶ

시몬이 미하일에게 말했다. "일을 맡긴 했다만, 자칫하다간 낭패를 볼 수 있어. 비싼 가죽인 데다 그 양반 성질머리도 불 같으니 말이야. 조금이라도 실수해서는 안 돼. 그래서 말인데, 자네 눈썰미가 나보다 정확하고 손이 빠르니 자네가 이 치수대로 재단하게. 가죽은 내가 꿰매겠네."

미하일은 시몬의 말대로 가죽을 식탁에 펼친 뒤 반을 접어서 칼로 자르기 시작했다.

마트료나는 그가 자르는 모습을 보고 깜짝 놀랐다. 그동안 부츠 만드는 걸 곁에서 지켜봐왔기 때문에 과정을 잘 아는데, 미하일이 재단하는 모습을 보아하니 둥글게 자르는 것이 아무리 봐도 부츠를 만드는 것 같지 않았다.

그녀는 뭐라 말하고 싶었지만 속으로 삼키며 생각

했다. '남자 부츠 만드는 법을 내가 잘 모르는 걸 수도 있어. 미하일이 나보다 훨씬 잘 알 텐데 괜히 끼어들지 말자.'

미하일은 가죽을 자른 뒤 실을 가져와 양쪽이 아닌 한쪽만 꿰매어 슬리퍼를 만들어냈다.

미트료나는 다시 의심이 들었지만 이번에도 방해하지 않기로 했다. 미하일은 오후 내내 천천히 바느질을 했다. 그때 시몬이 저녁 식사를 하러 들어와 미하일이 신사의 가죽으로 만들어놓은 슬리퍼를 보았다.

'아아!' 시몬은 신음을 토하며 생각했다. '미하일, 1년 동안 실수 한번 하지 않던 녀석이 왜 이렇게 끔찍한 실수를 저질렀지? 그 신사는 가죽으로 이은 목이 긴 부츠를 주문했건만, 미하일 저 녀석은 납작한 슬리퍼를 만드는 데 가죽을 낭비해버렸군. 그 신사에게는 뭐라고 말한담? 이런 고급 가죽은 구할 수도 없을 텐데.'

시몬은 결국 미하일에게 화를 냈다. "대체 뭘 한 건가? 날 죽이려고 작정한 건가! 그 신사가 굽 있는 부츠를 주문한 걸 잘 알면서 자네가 만들어놓은 걸 좀 보라고!"

시몬이 미하일에게 욕을 퍼부으려 할 때 문에 달린 종이 울리며 누군가 똑똑 문을 두드렸다. 창밖을 내다보니 신사의 시종이 타고 온 말을 기둥에 묶고 있었다.

문을 열자 그가 들어와 인사를 건넸다. "안녕하십니까."

"안녕하세요. 무슨 일이신지요?" 시몬이 물었다.

"부츠 만드는 일로 저희 마님이 보내셨습니다."

"무슨 문제라도 있나요?"

"음, 그게 말입니다, 저희 주인어른은 이제 더 이상 부츠가 필요 없어졌습니다. 돌아가셨거든요."

"그게 정말입니까?"

"지난번에 이곳을 나서서 집에 돌아가다 마차 안에서 숨졌답니다. 집에 도착해서 내리시는 걸 도우려고 시종들이 마차 문을 여니 짐짝처럼 의자에서 굴러떨어졌습니다. 돌아가신 지 한참 지난 뒤라 온몸이 뻣뻣하게 굳는 바람에 마차에서 내리는 데 애 좀 먹었습니다. 마님께서는 '가죽을 맡기고 부츠를 주문한 신사는 이제 더 이상 부츠가 필요 없어졌으니 어서 빨리 시신에 신길 부드러운 슬리퍼를 만들어달라고 전해라.

기다리고 있다가 슬리퍼가 완성되는 대로 가져오너라.' 하셨습니다. 그래서 제가 달려온 것입니다."

미하일은 가죽 자투리를 모아 돌돌 말고, 슬리퍼를 탁탁 털어서 앞치마로 닦더니 가죽 뭉치와 함께 시종에게 건넸다.

시종은 슬리퍼를 받아 들고 말했다. "그럼 안녕히 계세요. 감사합니다!"

Ⅷ

한 해가 흐르고 또다시 몇 년이 흘러 미하일이 시몬의 집에 온 지도 어느새 6년이 되었다. 하지만 그는 변함이 없었다. 외출하는 법도 없고 쓸데없는 말도 하지 않았다. 그동안 마트료나가 저녁을 차려주었을 때와 신사가 찾아왔을 때 단 두 번 웃음을 지었을 뿐이다. 시몬은 조수가 마음에 쏙 들었다. 이제 고향이 어디인지 묻지도 않았고 그저 미하일이 떠나버릴까 염려할 뿐이었다.

모두가 집에 있는 어느 날이었다. 마트료나는 화덕에 무쇠 냄비를 올려놓고 아이들은 의자 주위를 뛰어

다니며 창밖을 내다보았다. 시몬은 창가에서 구두를 꿰매고 미하일은 반대쪽 창가에서 구두 굽을 붙이고 있었다.

그때 사내아이 중 하나가 긴 나무 의자를 넘어 미하일에게 달려와 그의 어깨에 기대 창밖을 내다보며 말했다. "미하일 삼촌, 저기 봐요! 어떤 아주머니가 꼬마 여자 애들을 데리고 우리 집 쪽으로 와요. 그런데 절름발이 여자 애가 있어요."

아이의 말을 들은 미하일은 일감을 내려놓고 창 쪽으로 고개를 돌려 거리를 내다보았다.

시몬은 깜짝 놀랐다. 이제껏 한 번도 거리를 내다보지 않던 사람이 지금은 창문에 얼굴을 갖다대고 무언가를 뚫어져라 쳐다보았기 때문이다. 시몬도 덩달아 밖을 내다보니 옷을 잘 차려입은 부인이 털코트에 모직 숄까지 두른 여자 아이 둘의 손을 잡고서 그의 집을 향해 오고 있었다. 한 아이가 왼쪽 다리를 절룩거리며 걷는다는 점 외에는 구분하기 어려울 정도로 닮아 보였다.

부인은 현관에 들어서더니 문고리를 당겨 문을 열었

다. 그러곤 여자 아이들을 앞세우고 뒤따라 들어왔다.

"안녕하세요!"

"어서 오세요. 어떻게 오셨나요?" 시몬이 부인 일행을 맞았다.

부인은 식탁 의자에 앉았다. 여자 아이들은 집 안의 낯선 사람들이 두려운지 그녀의 무릎에 딱 붙어 있었다.

"이 아이들의 봄 구두를 맞추고 싶어요."

"네, 그러죠. 이렇게 작은 구두는 지어본 적이 없지만 할 수 있습니다. 밑창을 박음질하는 방식과 붙이는 방식 어느 쪽으로도 가능합니다. 제 조수 미하일은 솜씨가 아주 좋거든요."

시몬은 미하일을 힐끗 쳐다보았다. 그는 일감을 내려놓은 채 여자 아이들에게서 눈을 떼지 못하고 있었다. 그 모습을 보고 시몬은 깜짝 놀랐다. 시몬이 보기에도 고급 목도리와 털코트를 걸치고 새까만 눈동자에 통통한 볼이 발그레한 여자 아이들이 예쁘긴 했다. 하지만 미하일이 전부터 아는 사람인 양 바라보는 이유는 도통 짐작할 수 없었다. 그는 의아한 생각이

들었지만 우선 부인과 가격을 흥정했다. 값을 정하고 나서 치수 잴 준비를 하고 있을 때였다.

부인이 절름발이 아이를 무릎에 앉히며 말했다. "이 아이 발로 두 사람 치수를 재주세요. 불편한 발로 한 짝, 멀쩡한 발로 세 짝을 만드시면 돼요. 이 아이들은 쌍둥이라 치수가 똑같거든요."

시몬은 치수를 잰 뒤 절름발이 아이에 대해 물었다. "어쩌다 이렇게 된 겁니까? 이렇게 예쁜 아이인데요. 태어날 때부터 이런 겁니까?"

"아뇨, 엄마에게 다리를 눌렸답니다."

그때 마트료나가 끼어들었다. 이 부인이 누구인지, 누가 아이들 엄마인지 궁금했던 것이다. "그러면 부인이 아이들 엄마가 아니란 말씀인가요?"

"그래요, 난 아이들 엄마도 친척도 아니랍니다. 피 한 방울 섞이지 않은 남이죠. 하지만 데려와서 키우고 있답니다."

"부인 자식이 아닌데도 이렇게 예뻐하시는군요?"

"어떻게 예뻐하지 않을 수 있겠어요? 내 젖을 물려 키웠는걸요. 내 자식도 있었지만 하느님께서 데려가셨죠. 그런데 그 아이도 지금 이 아이들만큼 사랑하진 않았던 것 같아요."

"그러면 이 아이들 부모는 누군가요?"

Ⅸ

부인은 아이들의 사연을 들려주었다. "아이들 부모는 6년 전에 죽었답니다. 아빠는 화요일에, 엄마는 금요일에 세상을 떠났어요. 불과 한 주 안에 그런 일이 벌어진 거예요. 아빠는 아이들이 태어나기 사흘 전에, 엄마는 아이들이 태어난 날이었어요. 그때 저는 남편과 마을에서 농사를 지으며 살았어요. 이 아이들의 부모는 저희와 마당을 맞대고 사는 가까운 이웃이었죠. 아이들 아빠는 혼자 일했어요. 나무꾼이었거든요. 그런데 어느 날 나무가 쓰러져 그를 덮치고 말았어요. 몸통이 깔리는 바람에 짓눌려 창자가 튀어나오고 난리도 아니었죠. 집에 실려오자마자 그의 영혼은 하느님께 불려가고 말았어요. 그리고 바로 그 주에 아이들 엄마가 쌍둥이를 낳은 거예요. 그녀는 가난한 데다 세상천지에 돌봐줄 가족이라곤 하나도 없는 천애고아

였어요. 홀로 아이를 낳다가 홀로 죽음을 맞이하고 말았습니다. 다음 날 아침에 들러보니 불쌍하게도 이미 차갑게 식었더군요. 그런데 죽으면서 이 아이 위로 엎어지는 바람에 아이의 다리가 눌리고 말았어요. 마을 사람들이 아이 엄마의 시신을 씻기고 옷을 입힌 뒤 관을 만들어 묻어주었지요. 선량한 사람들이에요.

문제는 남은 아이들을 어떻게 돌볼 것인가 하는 거였어요. 마침 아기를 키우는 사람은 저뿐이었죠. 8주 된 아기가 있었거든요. 당분간 제가 아이들을 맡겠다고 했지요. 마을 사람들은 어떻게 할지 머리를 맞대고 한참을 고심한 끝에 말했어요. '마리아, 당분간은 당신이 이 아이들을 돌봐주는 게 좋겠어요. 우리가 곧 다른 방법을 찾아볼게요.' 그렇게 해서 이 아이들을 데려오게 되었습니다. 처음에는 성한 아이에게만 젖을 물리고 불편한 아이에게는 젖을 주지 않았어요. 곧 죽을 것 같았거든요. 그런데 문득 생각이 바뀌었어요. 어째서 이 죄 없는 가련한 아이에게 고통을 주는 거지? 그 순간 아이가 불쌍해져서 젖을 먹이기 시작했어요. 결국 내 아들과 이 아이들까지 셋을 내 젖으로 키웠어요. 저는 젊고 건강한 데다 먹기도 잘 먹었습니다. 그리고 하느님께서 도와주신 덕분에 젖이 넘쳐흐를 정도였지요. 두 아이에게 젖을 배불리 먹인 뒤에도 남은 아이에게 젖을 물릴 수 있었어요. 그런데 주님의 뜻이었는지 이 아이들은 잘 자랐지만 제 아이는 두 살이 되기 전에 세상을 떠나고 말았죠. 살림살이는 넉넉했지만 더 이상 아이는 생기지 않았어요. 남편은 방앗간에서 일해요. 벌이가 좋아 살 만합니다. 하지만 우리 자식이 없으니 제게 이 아이들마저 없으면 얼마나 외롭겠어요. 이 아이들을 사랑할 수밖에 없지요. 아이들은 제 삶의 기쁨이랍니다!"

부인은 한 손으로 절름발이 아이를 끌어안으며 다른 한 손으로는 뺨에 흐르는 눈물을 닦았다.

마트료나가 한숨을 쉬며 말했다. "부모 없이는 살 수 있어도 하느님 없이는 살 수 없다는 말이 정말 맞나 보군요."

그렇게 이야기를 나누는데 갑자기 마치 마른번개라도 친 듯 미하일이 앉아 있는 구석부터 집 안이 환해졌다. 다들 고개를 돌려 미하일을 바라보았다. 그는 무릎에 손을 포갠 채 하늘을 바라보고 미소 지으며 앉아 있었다.

X

부인이 아이들을 데리고 떠나자 미하일은 일감을 내려놓고 의자에서 일어나 앞치마를 벗었다. 그러고는 시몬 부부에게 고개 숙여 인사하며 말했다. “하느님께서 저를 용서해주셨으니 이제 작별 인사를 드릴 때가 되었습니다. 혹시라도 제가 잘못한 일이 있다면 두 분께서도 용서해주시기 바랍니다.”

다음 순간 미하일의 몸에서 빛이 퍼져나왔다.

시몬은 자리에서 일어나 미하일에게 머리를 숙이며 말했다. “미하일, 자네가 보통 사람이 아니란 걸 잘 알겠네. 그러니 자네를 붙잡아둬도, 뭘 물어도 안 되겠지. 하지만 이 물음에는 답해주게. 내가 자네를 발견해 집에 데려왔을 때는 몹시 우울한 얼굴이었지. 하지만 아내가 저녁을 차려주자 미소를 지으며 표정이 밝아졌어. 그 신사가 부츠를 주문하러 왔을 때도 다시 미소를 지으며 표정이 밝아졌지. 그리고 지금 그 부인이 여자 아이들이 데려오자 세 번째 미소를 지었고 몸에서 빛이 났어. 말해주게, 미하일. 어째서 자네에게 빛이 나는지, 그리고 어째서 세 번 웃었는지 말일세."

"제 몸에서 빛이 나는 건 하느님께서 제가 지은 죄를 용서해주셨기 때문입니다. 그리고 세 번 미소 지은 건 하느님께서 저를 이 땅에 보내며 깨달으라고 하신 세 가지 진리를 깨달았기 때문입니다. 아주머니가 저를 불쌍히 여기셨을 때 첫 번째 진리를 깨달아 처음으로 미소 지었고, 두 번째는 그 부자가 부츠를 주문할 때였습니다. 그래서 두 번째로 미소를 지었지요. 그리고 오늘 여자 아이들을 보고 세 번째이자 마지막 진리를 깨닫고 또 한번 미소를 지은 거랍니다."

시몬이 다시 물었다. "그러면 말일세, 미하일, 무슨 이유로 하느님께 벌을 받은 건가? 그리고 세 가지 진리란 무엇인가? 내게도 말해주게."

"제가 벌을 받은 건 하느님 말씀을 거역했기 때문입니다. 저는 천국의 천사였지만 하느님 말씀을 따르지 않았지요. 하느님께서는 제게 한 여인의 영혼을 거둬오라고 하셨습니다. 하지만 땅에 내려와보니 여인은 막 쌍둥이 딸을 낳고 병든 채 홀로 누워 있더군요. 아기들은 제 엄마 옆에서 꼼지락거리고 있었지만 그 여인은 젖을 물릴 힘조차 남지 않은 것 같았습니다. 여인은 저를 보고 하느님께서 영혼을 거두러 보낸 자인 걸 알아채고는 흐느껴 울며 애원했습니다. '천사님! 저희 남편이 쓰러지는 나무에 깔려 죽어 땅에 묻힌 지 며칠도 지나지 않았습니다. 그리고 제게는 자매도 이모도 어머니도 없으니 홀로 남겨진 제 아이들을 돌봐줄 사람이 아무도 없습니다. 제발 제 영혼을 거두어 가지 말아주세요! 제가 아기들을 보살피고 젖을 먹여 아이들이 스스로 살아갈 수 있을 때까지 시간을 주세요. 아기들은 부모 없이 살아갈 수 없잖아요.'

저는 그 여인의 말에 마음이 움직였습니다. 한 아이는 여인의 가슴에 올려놓고 다른 아이는 그녀의 품 안에 넣어주고는 하늘로 올라왔습니다. 그러고는 하느님을 찾아뵙고 말씀드렸죠. '그 어머니의 영혼을 거둬올 수 없었습니다. 여인은 남편도 나무에 깔려 죽었고 자신은 이제 막 쌍둥이를 낳았으니 영혼을 거둬 가지 말라고 간청했습니다. 아이들이 홀로 살아갈 수 있을

때까지 아이들을 먹이고 돌볼 수 있게 해달라고 애원했습니다. 아이들은 부모 없이 살아갈 수 없으니까요.'

그러자 하느님께서 말씀하셨습니다. '가서 그 어머니의 영혼을 거둬 오너라. 그리고 세 가지 진리를 깨달아야 한다. 사람의 마음에 무엇이 있으며, 사람에게 허락되지 않은 것이 무엇인지, 그리고 사람은 무엇으로 사는지, 이 세 가지 진리를 깨달은 뒤에야 너는 천국으로 돌아올 수 있다.' 그래서 저는 다시 땅으로 내려와 그 어머니의 영혼을 거둬 갔습니다. 아기들은 어머니 품에서 떨어졌지요. 그런데 그 여인이 침대에서 구르는 바람에 아기가 깔려 다리가 뒤틀리고 말았습니다. 마을을 날아올라 그 여인의 영혼을 하느님께 바치려고 할 때였습니다. 바람이 불어오는 바람에 제 날개가 꺾여 부러지고 말았습니다. 여인의 영혼만 하느님께 올라가고 저는 땅으로 추락해 길가에 쓰러진 것입니다."

XI

그제야 시몬과 마트료나는 자신들이 먹이고 입히며

함께 살아온 이가 누구인지 알았다. 그리고 경외심과 환희의 눈물을 흘렸다.

천사가 천천히 말을 이었다. "저는 벌거벗은 채 홀로 들판에 버려졌습니다. 그렇게 사람이 되고 나서야 사람에게는 무엇이 필요한지, 추위와 배고픔의 고통이 무엇인지 깨달았습니다. 저는 굶주린 채 꽁꽁 얼어붙었지만 무엇을 해야 할지 몰랐습니다. 제가 떨어진 들판 가까이에 하느님을 위해 지은 성당이 있는 것을 보고는 몸을 피할 곳을 찾아 들어갔습니다. 하지만 성당이 잠겨 있어서 들어갈 수 없었지요. 그저 바람이라도 피할 요량에 성당 뒤쪽에 앉아 있었던 겁니다. 점점 날이 저물어가고 배고픔과 추위의 고통도 더욱 심해졌습니다.

그때 갑자기 누군가 걸어오는 소리가 들렸습니다. 그는 부츠 한 켤레를 들고 혼잣말을 중얼대고 있었지요. 사람이 된 뒤 처음으로 보는 사람이었습니다. 그의 얼굴이 무서워서 고개를 돌렸습니다. 그런데 그가 중얼대는 소리를 들어보니 무슨 옷을 입고 한겨울의 추위를 날지, 아내와 자식은 어떻게 먹여살릴지 걱정하더군요. 그 순간 이런 생각이 들었습니다. '나는 지금 춥고 굶주린 채 죽어가고 있는데, 저 사람은 아내와 옷을 나눠 입고 가족을 먹여살릴 궁리를 하는 걸 보니 나를 도와줄 여유가 없겠어.' 그 사람은 저를 보자 얼굴을 찌푸리고는 훨씬 무서운 표정을 지으며 저를 지나쳐 갔습니다. 저는 절망에 빠졌습니다. 그런데 그가 돌아오는 소리가 들렸습니다. 고개를 들어 그를 보니 아까의 그 사람 같지 않았습니다. 좀 전에는 죽음의 그림자가 드리워졌던 얼굴에 이제는 생기가 돌았습니다. 저는 그의 얼굴에서 하느님의 모습을 감지했습니다. 그가 제게 다가와 옷을 걸쳐주고 부축해서 자신의 집으로 데려왔습니다.

집에 들어가니 우리를 맞이하러 나온 여인이 화를 내더군요. 그 여인은 남자보다 훨씬 더 무서운 표정이었습니다. 입에서는 죽음의 기운이 퍼져나왔습니다. 그녀에게서 퍼져나오는 죽음의 악취 때문에 숨을 쉴 수 없을 정도였지요. 그녀는 저를 추운 바깥으로 쫓아내려 했습니다. 그렇게 하면 그녀가 죽게 되리라는 걸 저는 알고 있었습니다. 다행히 그녀의 남편이 하느님에 대해 말하자 일순간에 그녀의 태도가 바뀌었습니다. 제게 음식을 갖다주며 제 얼굴을 들여다보더군요. 그녀의 얼굴을 흘낏 쳐다보니 죽음의 그림자가 사라지고 생기가 돌았습니다. 저는 그녀에게서도 하느님의 모습을 보았습니다. 그때 하느님께서 던져주신 첫 번째 질문, '사람의 마음에는 무엇이 있는가'에 대한 답을 얻었습니다. 사람의 마음에는 사랑이 있다는 걸 깨달은 겁니다. 하느님께서 당신이 약속한 깨달음을 보여주셨다는 생각에 기뻤습니다. 그래서 처음으로 미소를 지었지요. 하지만 아직 전부 알아내지는 못했습니다. 사람에게 허락되지 않은 것이 무엇이며 사람은 무엇으로 사는지는 알지 못했지요.

당신들과 함께 살며 1년이 지났습니다. 한 남자가 와서 1년을 신어도 모양이 흐트러지거나 뜯어지지 않는 부츠를 주문했습니다. 그를 바라보니 어깨 뒤에 제 동료인 죽음의 천사가 보이더군요. 천사를 알아본 건 저뿐이었죠. 해가 지기 전에 그가 부자의 영혼을 데려가리라는 걸 알았습니다. 그래서 혼자 생각했습니다. '저 남자는 1년 뒤를 계획하면서 당장 오늘 밤을 넘기지 못하고 죽을 거라는 사실은 모르는구나.' 그때 하느님의 두 번째 말씀, '사람에게 허락되지 않은 것이 무엇인가'에 대한 깨달음을 얻었습니다.

사람의 마음에 무엇이 있는지는 이미 알아냈지요. 그리고 그때 사람에게 허락되지 않은 것을 깨달은 겁니다. 사람은 자신에게 무엇이 필요한지 알아낼 능력을 허락받지 못했습니다. 그래서 두 번째로 미소 지었지요. 동료 천사를 만나서 기뻤고, 하느님께서 두 번째 질문에 대한 답을 알려주셔서 기뻤습니다. 하지만 아직 전부 알아내지는 못했지요. 사람은 무엇으로 사는지 알아내지 못한 겁니다. 그래서 계속 지내며 하느님께서 마지막 교훈을 알려주실 때까지 기다렸습니다. 그리고 6년째 되는 해, 그 부인과 쌍둥이 소녀가 찾아왔지요. 저는 그 아이들을 알아보았습니다. 아이들이 어떻게 살아남았는지도 들었지요. 부인의 이야기를 들으며 이런 생각이 들었습니다. '저 아이들의 엄마는 아이들을 위해 살려달라고 애원했지. 나는 아이들은 부모 없이 살아갈 수 없다는 그녀의 말을 믿었어. 하지만 피 한 방울 섞이지 않은 남이 아이들에게 젖을 먹여 이렇게 키워냈구나.' 그 부인이 친자식이 아닌 이 아이들에게 사랑을 드러내며 눈물을 흘릴 때, 저는 그녀의 모습에서 살아 계신 하느님을 보았고 사람은 무엇으로 사는지 깨달았습니다. 더불어 하느님이 제게 마지막 교훈을 알려주시고 제 죄를 용서해주셨음을 깨달았지요. 그래서 세 번째로 웃은 것입니다."

XII

천사의 몸에서 인간 세상의 옷이 벗겨지고 환한 빛이 온몸을 감싸자 그 모습을 똑바로 쳐다볼 수 없었다. 그의 목소리는 점점 커져 그 자신의 입이 아닌 하늘에서 들려오는 것 같았다.

천사가 말을 이었다. "사람은 자신의 힘이 아닌 사랑으로 살아간다는 사실을 깨달았습니다. 그 어머니는 아이를 살리려면 무엇이 필요한지 알지 못했고, 그 부자도 자신에게 무엇이 필요한지 알지 못했습니다. 해가 졌을 때, 산 자가 신을 부츠가 필요한지 죽은 자가 신을 슬리퍼가 필요한지 아무도 알지 못합니다. 제가 사람이 되었을 때 살 수 있었던 건 스스로 나 자신을 보살폈기 때문이 아니라 지나는 사람이 베풀어준 사랑 덕분이었습니다. 그와 아내는 저를 불쌍히 여기고 사랑을 베풀었지요. 그 여자 아이들도 피 한 방울 섞이지 않았지만 그들을 불쌍히 여긴 여인의 사랑 덕분에 어머니 없이도 살 수 있었습니다. 사람은 자신의 안위만 추구하는 마음이 아닌, 마음속에 존재하는 사랑으로 살아가는 것이었습니다. 하느님께서 인간에게 생명과 더불어 살아남으려는 욕망을 주신 것은 이미 잘 알고 있었습니다. 하지만 이제 그 이상의 의미를 이해하게 되었습니다. 하느님은 사람들이 서로 떨어져 사는 것을 바라지 않았기에, 각자 자신에게 무엇이 필요한지 아는 능력을 주시지 않았지요. 그분께서는 더불어 살면서 서로에게 무엇이 필요한지 깨닫는 능력을 주셨습니다. 저는 사람은 혼자 힘으로 살아갈 것 같지만 사실은 사랑으로만 살아갈 수 있음을 깨달았습니다. 사랑의 마음을 가진 사람은 하느님 안에서 사는 것이며, 하느님께서 그 안에 살고 계십니다. 하느님은 곧 사랑이기 때문입니다."

천사는 이어서 찬송가를 불렀다. 그의 목소리에 시

몬의 집이 흔들리더니 지붕이 열리며 땅에서 불기둥이 하늘로 치솟았다. 그 충격에 시몬 부부와 아이들은 바닥에 넘어지고 말았다. 천사는 어깨에서 날개가 돋아나 하늘로 올라갔다.

시몬이 정신을 차려보니 집은 예전 그대로였지만 그의 가족 외엔 아무도 없었다.

세 가지 질문

*

어느 날 왕은 문득 이런 생각이 떠올랐다. '모든 일을 언제 시작하고, 누구의 말에 귀 기울이고 누구를 멀리해야 하는지, 그리고 무엇이 가장 중요한 일인지 확실하게 알 수만 있다면 그 어떤 일도 실패하지 않을 텐데.' 그래서 왕은 일을 행동으로 옮기기에 적절한 때가 언제이고, 가장 필요한 인재는 누구인지, 가장 중요하게 여겨야 하는 일은 무엇인지 알아내는 방법을 알려주는 사람에게 큰 상을 내리겠다고 온 나라에 선포했다.

그러자 수많은 지식인이 왕을 찾아와 각양각색의 해답을 제시했다.

첫 번째 질문에 대해, 어떤 이들은 미리 일간, 월간, 연간 계획표를 만들어두고 이에 따라 철저히 생활한다면 모든 일을 적기에 행동으로 옮길 수 있다고 주장했다. 또 어떤 이들은 지나간 실수에 연연하지 말고 현재에 집중하면서 지금 가장 필요한 일을 하라고 조언했다. 그런가 하면 현재의 일에 아무리 주의를 기울인다고 해도 한 인간이 모든 일에서 행동하기 적절한 시기를 정확히 알아내기란 불가능하므로 현명한 사람들로 자문단을 꾸려 매사 그들의 조언을 따라야 한다는 의견도 있었다. 이에 맞서 자문단의 조언을 기다리지 못할 만큼 지금 당장 실행 여부를 결정해야 하는 일이 생길 수도 있다는 의견도 나왔다. 결정을 내리려면 무슨 일이 벌어질지 미리 알아야 하는데, 그런 능력을 지닌 사람은 마법사뿐이므로 그와 상의해야 한다고 주장하는 이들도 있었다.

두 번째 질문에 대해서도 다양한 답변이 나왔다. 왕에게 가장 필요한 사람은 정치가라는 의견도 있고, 성직자라는 이도 있고, 의사라는 사람도 있었다. 그런가 하면 전사戰士가 가장 필요하다는 주장도 있었다.

가장 중요한 일을 묻는 세 번째 질문에 대해서도 마찬가지였다. 세상에서 가장 중요한 일은 과학이라는 이도 있고, 병법이라고 하는 이도 있고, 신앙심이라는 이도 있었다.

여러 가지 대답이 나왔지만 왕은 어느 대답도 마음에 들지 않아 아무에게도 상을 내리지 않았다. 대신 현인賢人으로 널리 알려진 은자隱者를 찾아가 물어보기로 결심했다.

그 은자는 살고 있는 숲을 한 번도 떠난 적이 없으며 오직 평범한 마을 사람들만 만났다. 그리하여 왕은 평민들처럼 검소하게 입고 은자의 오두막 근처에 이르러 말에서 내린 뒤 호위병도 남겨둔 채 홀로 찾아갔다.

왕이 다가갔을 때 은자는 집 앞의 땅을 갈고 있었다. 그는 왕을 보더니 인사를 건네고는 계속 땅을 팠다. 노쇠하여 얕은 삽질에도 가쁜 숨을 몰아쉬었다.

왕이 그에게 다가가 물었다. "지혜로운 은자여, 세 가지 질문에 대한 답을 얻고자 당신을 찾아왔습니다. 적절한 시기에 올바른 일을 하려면 어떻게 해야 합니까? 제게 가장 필요한 사람은 누구이며, 그들에게 얼마나 관심을 기울여야 합니까? 그리고 최우선으로 생각해야 하는 일은 무엇입니까?"

은자는 왕의 말을 듣고 아무 대답도 하지 않았다. 그저 손에 침을 퉤 뱉고는 다시 땅을 팠다.

"힘들어 보이십니다. 제게 삽을 주십시오. 조금이나마 도와드리겠습니다."

"고맙소!" 은자는 왕에게 삽을 넘겨주고 바닥에 앉았다.

왕은 밭이랑 두 줄을 갈고 난 뒤 일을 멈추고 다시 물었다. 은자는 이번에도 아무 대답 없이 자리에서 일어나더니 삽을 달라고 손을 내밀며 말했다. "지금껏 일했으니 잠깐 쉬시오. 일은 내가 할 테니."

하지만 왕은 삽을 넘겨주지 않고 계속 밭을 갈았다. 한 시간이 지나고 또 한 시간이 지나 어느새 해가 나무 너머로 뉘엿뉘엿 저물기 시작했다.

마침내 왕은 땅에 삽을 꽂으며 말했다. "은자여, 저는 해답을 얻고자 당신을 찾아왔습니다. 답을 주지 않겠다면 돌아가겠습니다."

"저기 누가 달려오는군요. 누군지 봅시다." 은자가

딴소리를 했다.

왕이 돌아보니 숲에서 턱수염이 덥수룩한 사내가 달려오고 있었다. 그는 손으로 배를 누르고 있었는데 그 사이로 피가 흘러나왔다. 그는 왕 앞에 이르러 그대로 정신을 잃고 쓰러졌다. 희미한 신음 소리만 새어 나올 뿐이었다. 왕과 은자가 그의 옷을 벗겨내니 배에 큰 상처가 있었다. 왕은 상처를 깨끗이 씻어내고 자신의 손수건과 은자가 건넨 수건으로 상처를 감쌌다. 하지만 피는 좀처럼 멈추지 않았다. 왕은 몇 번이고 피에 흠뻑 젖은 수건을 벗겨내며 상처를 씻은 뒤 붕대 감기를 반복했다. 마침내 피가 멈추자 그 남자는 정신을 차리고 마실 것을 찾았다. 왕은 깨끗한 물을 갖다 주었다. 그사이 해가 저물어 날이 서늘해졌다. 왕은 은자와 함께 상처 입은 남자를 은자의 오두막으로 옮기고 침대에 뉘었다. 그는 침대에 누워 아무 말 없이 눈을 감고 있었다.

왕은 많이 걸은 데다 밭일까지 하다 보니 피곤한 나머지 문지방에 웅크린 채 잠이 들어 짧은 여름 밤 내내 깨지 않고 푹 잤다. 아침이 되어 눈을 떴을 때는 지금 이곳이 어디인지, 침대에 누워 두 눈을 반짝이며 자신을 빤히 바라보는 털북숭이 사내가 누구인지 떠올리기까지 한참이 걸렸다.

"용서하십시오." 왕이 깨어나 자신을 빤히 바라보자 그 남자가 힘없이 말했다.

"나는 당신을 모르오. 그러니 용서할 것도 없소." 왕이 덤덤하게 말했다.

"당신은 저를 모르시지만 저는 당신을 압니다. 저는 당신에게 복수를 맹세한 당신의 원수입니다. 당신이 내 형제를 죽이고 재산을 빼앗았기 때문이지요. 당신이 혼자 은자를 만나러 온다는 사실을 듣고는 돌아가는 길에 죽이기로 결심했습니다. 하지만 날이 저물도록 내려오지 않더군요. 그래서 몸을 숨기고 있던 곳에서 나와 당신을 찾다가 호위병과 마주치고 말았습니다. 내 정체를 알아본 호위병들이 저에게 상처를 입혔지요. 그들에게서 가까스로 도망치기는 했지만 피를 많이 흘린 탓에 당신이 보살펴주지 않았다면 죽고 말았을 겁니다. 저는 당신을 죽이려 했지만 당신은 제 목숨을 구해주었지요. 이제 제가 살아났으니 원하신다면 충성스러운 심복이 되어 모시겠습니다. 제 아들들에게도 그리 하라고 할 것입니다. 용서해주십시오!"

왕은 이처럼 쉽게 원수와 화해하여 내 편으로 삼았다는 사실이 무척이나 기뻐서 그를 용서했을 뿐 아니라 시종과 의사를 보내주고 재산도 돌려주겠노라 약속했다.

왕은 상처 입은 남자를 뒤로하고 나와 문 앞에서 주위를 둘러보며 은자를 찾았다. 떠나기 전에 다시 한번 세 가지 질문에 대한 답을 구하고 싶었다. 은자는 무릎을 꿇고 전날 파놓은 밭이랑에 씨를 뿌리고 있었다.

왕은 그에게 다가가 물었다. "은자님, 마지막으로 부탁하겠습니다. 제 질문에 대한 답을 주십시오."

"이미 답을 얻지 않았소?" 은자가 앙상한 다리로 쪼그리고 앉은 채 고개를 들고 앞에 서 있는 왕을 바라보며 말했다.

"무슨 답을 얻었단 말이오? 대체 무슨 뜻입니까?" 왕이 되물었다.

"모르시겠소? 어제 당신이 약한 나를 불쌍히 여겨 밭이랑을 파지 않고 길을 떠났더라면 그 남자에게 공격

받았을 겁니다. 나와 함께 여기 있을걸 하고 후회했겠지요. 그러니 가장 중요한 때는 당신이 밭이랑을 팔 때였고, 내가 가장 중요한 사람이었습니다. 따라서 나를 돕는 게 가장 중요한 일이었지요. 이후 그 남자가 우리에게 달려왔을 때, 가장 중요한 때는 그를 보살펴 준 때였소. 당신이 그의 상처에 붕대를 감아주지 않았다면 그는 당신과 화해하지 못한 채 죽었을 겁니다. 그러니 이 사실을 기억하시오. 가장 중요한 때는 바로 지금이오! 지금이야말로 인간이 자신의 힘을 발휘할 수 있는 유일한 때요. 그리고 가장 중요한 사람은 당신과 함께 있는 사람입니다. 앞으로 어떤 사람과 관계를 맺을지 모르기 때문이오. 마지막으로 가장 중요한 일은 타인에게 선을 행하는 것이오. 바로 그것이 인간이 세상에 내려온 유일한 이유지요."

사람은 얼마만큼의 땅이 필요한가

*

I

어느 날 도시에 사는 언니가 시골에 사는 여동생을 찾아왔다. 언니는 상인과 결혼해 도시에 살았고, 동생은 농부와 결혼해 시골에 살았다. 자매가 차를 마시며 이야기를 나누는 중 언니가 도시 생활의 장점을 늘어놓기 시작했다. 자신이 얼마나 좋은 옷을 차려입는지, 아이들에게는 얼마나 좋은 옷을 입히는지 이야기하더니 맛있는 걸 먹고 극장에 가고 여기저기 놀러 다닌다며 자랑을 늘어놓았다.

여동생은 기분이 나빠져서 상인의 생활을 깎아내리

고 농부의 삶을 한껏 치켜세우며 말했다. "그렇다 해도 내 생활을 언니의 생활과 바꾸고 싶진 않아. 사는 형편이 그리 넉넉하진 않지만 적어도 근심걱정 없이 살거든. 물론 언니네 형편이 우리보다 훨씬 낫지. 하지만 지금은 돈벌이가 좋아도 여차하다간 빈털터리가 될 수 있잖아. '부자와 가난뱅이는 종이 한 장 차이'라는 옛말도 있고, 오늘 부자가 내일 먹을 걸 구걸하는 경우도 있고 말이야. 하지만 우리는 안전해. 농부의 삶은 별로 풍족하지는 않아도 오래갈 수 있어. 절대 부자가 되진 못하겠지만 배곯을 일도 없지."

언니가 콧방귀를 뀌며 맞받았다. "배곯지는 않는다고? 그래, 말이랑 돼지랑 사이좋게 나눠 먹으며 사니까 퍽이나 좋겠구나! 고상함이나 예절은 안중에도 없고 말이야. 네 남편이 뼈 빠지게 일해도 거름 더미에서 살다 죽겠지. 네 아이들도 마찬가지고."

동생이 발끈해서 대답했다. "그래, 그게 뭐 어때서? 물론 우리 일은 힘들고 대접받기도 힘들지만 다른 사람에게 굽실대지 않아도 돼. 그리고 도시 생활은 사방이 유혹이잖아. 오늘은 바르게 살지만 형부가 내일 당장 악마의 꾐에 넘어가 술, 도박, 여자 문제로 패가망신할 수도 있고 말이야. 도시에서는 흔한 일이잖아?"

동생의 남편인 파홈은 난롯가에 누워 여자들의 수다를 들으며 생각했다. '그래, 맞는 말이야. 우리 농부들은 어릴 적부터 땅을 가느라 딴생각할 틈 따위 없잖아. 힘든 거라곤 농사지을 땅이 충분하지 않다는 것뿐. 땅만 많으면 악마도 무섭지 않을 텐데!'

자매들은 차를 다 마시고 나서도 한참 동안 옷 얘기를 하다가 찻잔을 치우고 잠자리에 들었다.

악마는 난로 뒤에 앉아서 그들이 하는 이야기를 귀 기울여 듣고 있었다. 그는 농부가 아내의 말에 넘어가 땅만 많으면 악마도 두렵지 않다고 큰소리치는 것을 듣고는 옳다구나 싶었다. '좋았어, 한판 붙어보자고. 내가 넓은 땅을 주지. 그 땅으로 너희를 내 손아귀에 넣고 말겠어.'

Ⅱ

마을 가까운 곳에 300에이커*의 땅을 소유한 지주가

* 1에이커는 약 4,047제곱미터.

살고 있었다. 그녀는 지금껏 농부들과 좋은 관계를 유지해왔다. 하지만 퇴역 군인을 관리인으로 고용하면서부터 문제가 생겼다. 그는 농부들에게 온갖 명목으로 벌금을 부과했다. 파홈이 아무리 조심해도 자신의 말이 지주의 귀리를 뜯어먹고 소가 그녀의 마당을 어슬렁대고 망아지가 목초지에 들어가는 것을 막을 수 없었으며, 그때마다 벌금을 내야만 했다.

파홈은 투덜거리며 벌금을 냈고 집에 돌아와서는 식구들에게 화풀이하곤 했다. 여름 내내 관리인 때문에 어려움을 겪은 터라 겨울이 되어 가축들을 외양간에 가두어두자 내심 기쁘기까지 했다. 사료가 아깝긴 했지만 적어도 벌금 걱정이 없어 마음은 편했다.

겨울이 되자 지주가 땅을 팔려고 내놓았는데 대로변에 있는 여관의 주인이 이 땅을 살 거라는 소문이 돌았다. 이 소문을 들은 농부들은 엄청난 걱정에 휩싸였다.

"여관 주인이 땅을 사면 지금 관리인보다 더 지독하게 벌금을 받아낼 거야. 우리는 모두 이 땅으로 먹고사는데 말이야."

그리하여 농부 몇몇이 지주를 찾아가 땅을 여관 주인에게 팔지 말고 그보다 더 값을 높게 쳐줄 테니 자기들에게 팔라고 부탁했다. 지주는 그렇게 하겠다고 승낙했다. 농부들은 다 같이 땅을 사서 공동 소유하기로 하고, 이에 대해 두 차례 의논했지만 좀처럼 합의점을 찾을 수 없었다. 악마가 그들 사이에 불화의 씨앗을 뿌렸던 것이다. 결국 각자 형편에 맞게 땅을 사기로 했고, 지주는 이 계획을 받아들였다.

파홈은 이웃 사람이 50에이커의 땅을 샀는데, 땅값의 반만 주고 나머지 절반은 1년 뒤에 주기로 지주와 합의했다는 이야기를 듣고는 그가 부러워졌다.

'이것 봐, 다들 땅을 사들이고 있잖아. 이러다 내 몫은 하나도 남지 않겠는걸.' 이런 생각이 든 파홈은 아내에게 말했다. "다들 땅을 사들이고 있어. 우리도 20에이커 정도는 사야 하지 않겠어? 그렇지 않으면 여기서 사는 게 힘들어질 거야. 그 관리인이라는 작자가 온갖 벌금을 물려서 쥐어짤 거라고."

그들은 머리를 맞대고 땅 살 방법을 궁리했다. 우선 모아둔 돈이 100루블 정도 있었다. 거기다 망아지

한 마리와 양봉용 벌집 반 통을 팔아 돈을 보탰고, 아들 하나를 일꾼으로 보내며 품삯을 선불로 받았다. 그러고도 부족한 돈은 동서에게 빌려서 땅값의 절반을 마련했다.

가까스로 돈을 마련한 파홈은 나무가 울창한 땅 40에이커를 골라놓은 뒤 지주를 찾아가 흥정했다. 그는 지주와 계약 내용에 합의했다는 의미로 악수를 나누고 계약금을 지불했다. 그러고는 같이 시내에 나가 우선 땅값의 절반을 내고 나머지는 2년 안에 갚겠다는 내용의 계약서에 서명했다.

이제 파홈에게도 자기 땅이 생겼다. 그는 씨앗을 빌려 새로 산 땅에 심었다. 농사가 풍년이라 1년 만에 지주와 동서에게 진 빚을 모두 갚을 수 있었다. 파홈은 명실상부한 땅주인이 되어 자신의 땅을 갈아 씨를 뿌리고, 자신의 땅에서 건초를 모으고 나무를 베고, 자신의 목초지에서 가축을 먹일 수 있었다. 밭농사를 지으러 나가거나 쑥쑥 자라는 옥수수와 목초지를 보면서 그의 마음은 기쁨으로 가득 찼다. 그 땅에서 자라는 풀이나 꽃은 다른 곳에서 자라는 것과 달라 보였다.

이전에 지나칠 때는 다른 땅과 다를 게 없었는데 이제는 전혀 다르게 보였다.

Ⅲ

파홈은 굉장히 만족스러웠다. 이웃 농부들이 그의 옥수수 밭과 목초지를 함부로 드나드는 일만 없다면 완벽했을 것이다. 그는 이웃들을 찾아가 정중히 부탁했지만 그들은 아랑곳하지 않았다. 오히려 이제는 마을의 목동들이 그의 목초지에 소를 풀어놓기도 하고, 밤이면 방목하러 나온 말이 그의 밭에 들어가기도 했다. 그럴 때마다 파홈은 몇 번이고 가축들을 돌려보냈으며 주인들을 고소하지 않고 용서해주었다. 하지만 이런 일이 계속되어 더 이상 참을 수 없는 지경에 이르자 재판소에 고소하고 말았다. 모든 게 농부들이 경작할 땅이 부족해서 생긴 문제이지 그들에게 악의가 있는 건 아니라는 사실을 파홈도 알았지만 어쩔 도리가 없었다. '더 이상 두고 봐서는 안 되겠어. 이러다가는 내가 가진 게 남아나지 않겠어. 저들도 뜨거운 맛을 봐야 해.' 하는 마음으로 마을 사람들을 고소해 벌금을 물렸다.

그러자 마을 사람들은 파홈에게 앙심을 품고 일부러 파홈의 땅에 가축을 풀어놓았다. 밤중에 파홈의 숲에 들어가 어린 라임나무의 껍질을 벗겨 가기도 했다. 어느 날 파홈이 숲을 지나는데 하얀 물체가 눈에 띄었다. 가까이 다가가보니 껍질이 벗겨진 나무가 바닥에 쓰러진 채 밑동만 덩그러니 남아 있었다.

그 광경을 본 파홈은 분노가 치밀어올랐다. "한 그루만 베어도 충분히 기분 나빴을 텐데, 이 나쁜 놈들이 죄다 베어버렸군. 누구 짓인지 찾아내기만 하면 가만 두지 않겠어."

그는 누구 짓인지 알아내려고 머리를 쥐어짰다. 그러다 마침내 생각이 났다. "시몬의 짓이 분명해. 그 놈 말고는 이런 짓을 할 만한 자가 없어."

파홈은 당장 시몬의 집으로 달려가 증거를 찾았지만 아무것도 건지지 못했다. 시몬과 말다툼만 하다가 돌아온 파홈은 시몬의 짓이라고 확신하여 그를 고소해버렸다. 시몬은 법정에 소환되었고 몇 번이나 재판이 열렸지만 결국 증거 불충분으로 풀려났다.

파홈은 더 억울하고 화가 나서 촌장과 판사를 찾아

가 분노를 터뜨렸다. "당신들, 저 도둑놈에게 뇌물 받았지? 당신들이 정직하다면 도둑 따위를 풀어줄 리가 없지!"

파홈은 판사는 물론이고 이웃들하고도 싸우기 시작했다. 마을 사람들은 파홈의 집에 불을 지르겠다며 위협했다. 파홈은 더 많은 땅을 가졌지만 마을 사람들과의 관계는 전보다 나빠졌다.

이 무렵 많은 사람이 새로운 개척지로 떠난다는 소문이 돌았다. 그러자 파홈은 '나는 내 땅을 두고 떠날 필요 없어. 하지만 다른 사람들이 마을을 떠나면 임자 없는 땅이 늘어나겠지. 그 땅도 사들여서 내 땅을 더 넓혀야겠다. 그러면 좀 더 편히 살 수 있을 거야. 지금은 비좁아서 여간 불편한 게 아니잖아.' 하고 생각했다.

어느 날 파홈이 집에 있는데 마을을 지나던 나그네가 찾아왔다. 파홈은 그에게 저녁 식사를 대접하고 하룻밤 재워 주었다. 파홈은 그와 이런저런 이야기를 나누다가 어디에서 왔는지 물었다. 나그네는 볼가 강 너머에서 왔으며 그곳에서 일한다고 대답했다. 꼬리에 꼬리를 물고 이야기가 이어지는 중에 나그네는 많은 사람이 그 지역으로 이주한다는 이야기를 했다. 그곳에서는 이주민이 조합에 가입하면 한 사람당 25에이커의 땅을 받는데, 땅이 비옥해서 밀을 심으면 나무가 보이지 않을 정도로 자라고 밀알도 어찌나 많이 열리는지 낫으로 다섯 번만 베어도 한 다발이 된다는 것이었다. 아무것도 없이 빈손으로 왔는데 이제는 말 여섯 필과 소 두 마리를 갖게 된 농부도 있다고 덧붙였다.

파홈은 가슴속 욕망에 불이 붙었다. '그렇게 좋은 땅에서 살 수 있는데 이 좁은 땅에서 궁상 떨며 살 필요 있겠어? 여기 집과 땅을 팔아서 그 돈으로 새 출발을 하는 거야. 이렇게 좁은 데서 북적이며 살다 보면 늘 골치 아픈 일이 생기니까 말이야. 우선 직접 가서 내 눈으로 확인해봐야겠다.'

여름이 되자 파홈은 짐을 챙겨 길을 나섰다. 볼가 강까지 내려가 사마라까지 가는 배를 타고 400여 킬로미터를 걸은 끝에 드디어 나그네가 말한 지역에 도착했다. 모든 게 나그네의 말 그대로였다. 농부들은 많은 땅을 소유하고 있었다. 그들은 조합에서 받은 25에이커의 땅을 농사짓는 자영농이었다. 그리고 돈만 있으면 1에이커당 3루블에 좋은 땅을 원하는 만큼 살 수도 있었다.

파홈은 필요한 걸 모두 알아낸 뒤 가을 무렵 집으로 돌아와 재산을 처분했다. 꽤 이익을 남겨서 땅을 팔고 집과 가축도 모두 팔았다. 조합에서도 탈퇴하고 봄이 오기만 기다렸다가 가족들을 데리고 새로운 정착지를 향해 떠났다.

Ⅳ

파홈과 가족들은 새로운 마을에 도착하자마자 조합에 가입했다. 그는 마을 원로들에게 식사 대접을 하고 필요한 서류를 제출했다. 그렇게 해서 파홈 자신과 아들들을 포함한 다섯 식구의 몫으로 125에이커의 땅(한데 이어진 것이 아니라 각자 다른 구역이긴 했다)과 조합 목장 이용권을 받았다. 파홈은 집을 짓고 가축을 키웠다. 조합에서 받은 땅은 예전 땅의 세 배나 되었고 굉장히 비옥했다. 덕분에 살림살이가 열 배는 나아졌다. 넓은 경작지와 목초지에 가축도 얼마든지 키울 수 있었다.

새 마을에 이주해 집을 짓고 정착하면서 파홈은 굉

장히 만족했다. 하지만 시간이 지나 이런 환경에 익숙해지자 지금 소유한 땅도 부족하다고 느끼기 시작했다. 첫해에 조합에서 받은 땅에 밀을 심어 풍작을 거두자 계속해서 밀 농사를 짓고 싶었지만 그러기엔 조합에서 받은 땅이 부족하고, 이미 한 번 밀 농사를 지은 땅에서는 연이어 밀 농사를 지을 수 없었다. 밀 농사를 더 지으려면 처녀지나 휴경지를 찾아야 했다. 원래 한두 해 밀 농사를 짓고 나면 풀로 뒤덮일 때까지 땅을 놀려야 하기 때문이었다. 게다가 이런 땅은 원하는 농부가 많아서 모두에게 돌아갈 수 없었기에 다툼이 잦았다. 잘사는 사람은 직접 농사짓기 위해, 가난한 사람은 세를 놓아 세금 낼 돈을 벌기 위해서였다.

파홈은 밀 농사를 더 짓고 싶어서 중개인에게 1년간 땅을 임대했다. 그는 씨를 뿌려 풍작을 거두었지만 임대한 땅이 마을에서 10킬로미터도 넘게 떨어진 터라 운반하는 일이 여간 고생스러운 게 아니었다. 그러는 중에 농사와 장사를 겸하는 사람들이 농장을 또 한 채 소유하며 더 잘사는 모습을 보고 이런 생각이

들었다. '땅을 또 사서 집을 한 채 더 지으면 편해질 텐데.' 그 후 땅을 더 사고 싶다는 생각이 머릿속을 떠나지 않았다.

그 후 3년간 파홈은 땅을 빌려 밀 농사를 지었다. 매년 풍작이라 돈을 꽤 모을 수 있었다. 그런대로 만족하며 살 수도 있었지만, 그는 매년 다른 사람의 땅을 빌리느라 아옹다옹하는 게 지긋지긋했다. 좋은 땅이 있다 싶으면 농부들이 너도나도 달려가기 때문에 재빨리 움직이지 않으면 아무것도 차지할 수 없었다. 3년째 되는 해, 파홈은 상인과 함께 몇몇 농부에게서 목초지를 임대했다. 그런데 이미 밭을 다 갈았을 때 마을 사람들과 다툼이 생겨 재판을 받는 바람에 그동안의 노력이 물거품으로 돌아가고 말았다. 그때 파홈의 머리에 떠오르는 생각이 있었다. '내 땅이었다면 남한테 아쉬운 소리를 할 일도 없고 이런 골치 아픈 일도 겪지 않았을 텐데.'

파홈은 자신이 살 수 있는 땅을 알아보기 시작했다. 그러다 1300에이커의 땅을 샀지만 형편이 어려워져 싼값에 되팔려는 농부를 만나게 되었다. 그들은 여러 차례 흥정을 거듭한 끝에 마침내 1500루블로 합의를 본 뒤 일부는 바로 주고 나머지는 나중에 주기로 했다. 일이 마무리될 무렵 어느 날, 지나는 상인이 말 먹이를 얻으려고 파홈의 집에 들렀다. 그들은 차를 마시며 이야기를 나누었다. 상인은 머나먼 바시키르에서 돌아가는 길인데 그곳에서 1300에이커의 땅을 1000루블에 샀다는 것이었다.

파홈이 더 캐묻자 상인이 대답했다. "그곳에서는 마을 원로들과 사이좋게 지내기만 하면 됩니다. 나는 100루블어치 옷과 양탄자에다 차 한 상자를 선물했죠. 술을 좋아하는 사람들에게는 와인을 대접했고요. 그랬더니 20코페이카도 안 되는 가격에 땅 1에이커를 주지 뭡니까." 그는 땅문서를 보여 주며 덧붙였다. "강 가까이 있는 풀로 뒤덮인 처녀지죠." 파홈이 더 꼬치꼬치 캐묻자 상인이 대답했다. "1년을 걸어도 다 돌아보지 못할 만큼 넓은 지역이에요. 모두 바시키르 사람들 땅이지요. 그 사람들은 양처럼 순박해서 거의 공짜로 땅을 넘겨준다니까요."

이 말을 듣고 파홈은 곰곰이 생각했다. '고작 1300

에이커의 땅을 사느라 1500루블을 쓰고도 빚까지 낼 필요 없잖아. 거기에 가면 그 돈으로 열 배는 넓은 땅을 살 텐데 말이야.'

V

파홈은 바시키르로 가는 길을 자세히 묻고, 상인이 돌아가자마자 길 떠날 채비를 했다. 그는 아내에게 집안일을 맡기고 하인과 길을 나섰다. 가는 길에 상인이 말해준 대로 차 한 상자, 와인 몇 병과 선물 몇 가지를 샀다. 그리고 400킬로미터를 걷고 또 걸었다. 길을 나선 지 일주일이 되는 날 드디어 바시키르 마을에 도착했다. 모든 게 상인이 말한 대로였다. 그들은 옆에 강이 흐르는 초원 지대에서 펠트천으로 천막을 짓고 살았다. 농사를 짓지도 않고 빵을 먹지도 않았다. 초원에서는 그들이 기르는 말과 소가 무리 지어 풀을 뜯어 먹고 있었다. 망아지들은 천막 뒤에 묶여 있고 어미 말들을 하루 두 번 그쪽으로 데리고 갔다. 암말의 젖을 짜서 쿠미스*를 만들었다. 쿠미스를 만드는 것도

* 말젖을 발효하여 빚은 술.

치즈를 만드는 것도 여자들이었다. 남자들은 술과 차를 마시고 양고기를 먹고 피리나 불면서 한가롭게 지냈다. 그들은 모두 튼튼하고 쾌활했으며 여름 내내 일할 생각을 하지 않았다. 무지하고 러시아어도 몰랐지만 선량한 사람들이었다.

그들은 파홈을 보자 천막에서 몰려나와 그를 둘러쌌다. 파홈은 통역하는 사람을 찾아 땅을 사러 왔다고 말했다. 바시키르 사람들은 굉장히 반가워하며 파홈을 가장 좋은 천막으로 데려가 양탄자 위에 방석을 놓고 그를 앉히더니 자기들도 그 주위에 둘러앉았다. 그러고는 차와 술을 내놓고 양을 잡아 고기를 대접했다. 파홈은 수레에서 차와 선물을 가져와 그들에게 나눠주었다. 바시키르 사람들은 기뻐하며 자기들끼리 뭔가 한참을 이야기하더니 통역하는 이에게 전달하라고 했다.

"반갑습니다. 손님을 기쁘게 맞이하고 선물에는 보답하는 게 우리의 관습입니다. 선물을 주셨으니 우리가 가진 것 중 당신이 원하는 게 있다면 뭐든 드리겠습니다."

파홈이 기다렸다는 듯이 대답했다. "제가 가장 원하는 건 당신들이 사는 이곳의 땅입니다. 제가 사는 곳은 땅이 부족하고 메말랐지요. 하지만 이곳은 땅이 넓고 아주 비옥하더군요. 지금껏 이런 땅은 보지 못했습니다."

통역자가 그의 말을 전하자 바시키르 사람들은 한참 동안 이야기를 나누었다. 파홈은 그들이 무슨 이야기를 하는지 이해하기 힘들었지만, 소리 높여 말하며 웃는 걸로 보아 즐거워한다는 건 알 수 있었다. 잠시 후 그들은 이야기를 멈추고 파홈을 바라보았다.

통역하는 사람이 말을 전했다. "선물에 대한 답례로 당신이 원하는 만큼 기꺼이 땅을 드리겠습니다. 당신이 손으로 가리키기만 하면 그대로 드린다는 겁니다."

그런데 바시키르 사람들이 다시 이야기를 나누더니 다투기 시작했다. 파홈이 다투는 이유를 묻자, 촌장이 없는 동안 결정하지 말고 그에게 물어야 한다는 쪽과 촌장이 돌아올 때까지 기다릴 필요가 없다는 쪽이 맞서는 것이라고 통역자가 설명해주었다.

VI

바시키르 사람들이 말다툼하는 사이 커다란 털모자를 쓴 사람이 들어왔다. 그러자 일제히 입을 다물고 자리에서 일어났다. 통역자가 "저분이 저희 촌장님입니다."라고 파홈에게 알려주었다.

파홈은 즉시 가장 좋은 옷과 차 상자를 챙겨 촌장에게 건넸다. 촌장이 선물을 받고 상석에 앉자 사람들이 뭔가를 말하기 시작했다.

촌장은 한참을 듣더니 고개를 까딱하며 조용히 하라는 신호를 보낸 뒤 파홈에게 러시아어로 말했다. "자, 그렇게 하시오. 당신이 마음에 드는 땅을 고르시오. 우리에겐 땅이 많으니까."

'원하는 만큼 어떻게 가져가야 하는 거지? 확실히 해두기 위해 우선 계약을 해야겠어. 그렇지 않으면 마음껏 가져라 해놓고 나중에 다시 빼앗아갈 수도 있으니까.' 파홈은 촌장에게 큰 소리로 말했다. "친절을 베풀어주셔서 감사합니다. 이곳 땅이 넓긴 하지만 저는 그저 조금만 바랄 뿐입니다. 그래도 제가 받을 수 있는 땅이 얼마나 되는지 확실히 알고 싶습니다.

정확히 측량해서 양도해주실 수는 없을까요? 죽고 사는 일은 주님 손에 달려 있지 않습니까. 여러분께서 저에게 땅을 주셨지만 여러분의 자손은 되찾아가려고 할 수도 있으니까요."

"일리 있는 말이오. 당신 말대로 하시오." 촌장이 흔쾌히 대답했다.

"여기서 땅을 산 상인에게 듣기로 법적 효력이 있는 계약서를 체결했다는데, 저도 그런 방식으로 하면 좋겠습니다."

촌장은 그의 말뜻을 알아듣고 대답했다. "그럼 그렇게 하시오. 어려운 일도 아니니까. 우리 마을에도 서기가 있으니 함께 시내에 나가 서명 절차를 밟도록 합시다."

"그런데 땅값은 얼마입니까?" 파홈이 물었다.

"여기서는 언제나 가격이 똑같소. 하루에 1000루블이오."

파홈은 무슨 말인지 도통 이해되지 않았다. "하루라고요? 그러면 어떻게 측량하는 겁니까? 몇 에이커나 되는 거지요?"

"우린 그렇게 계산하는 법은 모르오. 그저 하루 단위로 땅을 팔지요. 당신이 하루 동안 걸어서 다녀온 만큼 가지면 됩니다. 그 하루 치가 1000루블인 거지요."

촌장의 설명을 듣고 파홈은 깜짝 놀라 물었다. "하지만 하루 동안 돌 수 있는 땅이 꽤 넓을 텐데요?"

촌장이 껄껄 웃으며 대답했다. "어쨌든 당신이 밟은 땅은 모두 당신 것이 되는 겁니다. 단, 한 가지 조건이 있어요. 그날 안에 처음 출발한 곳으로 돌아오지 못하면 그 돈은 잃는 겁니다."

"그런데 제가 다닌 곳을 어떻게 표시하지요?"

"우리가 당신이 출발하고 싶은 곳까지 함께 가서 기다리고 있을 겁니다. 당신은 삽 한 자루를 챙겨서 출발했다가 그 지점으로 돌아오면 되는 거지요. 어디든 당신이 원하는 곳까지 가서 표시하시오. 방향을 바꿀 때마다 구멍을 파고 풀을 쌓아두면 됩니다. 나중에 우리가 쟁기로 구멍을 연결할 겁니다. 원하는 만큼 갈 수 있지만 해가 지기 전에 출발한 곳으로 돌아와야만 합니다. 그러면 당신이 표시해둔 땅은 모두 당신 차지가 되는 거요."

파홈은 뛸 듯이 기뻤다. 사람들과 어울려 술과 양고기를 먹고 다시 차 한잔을 나누다 보니 어느새 밤이 깊었다. 바시키르 사람들은 파홈에게 깃털 침대를 내준 뒤 다음 날 새벽 동 트기 전에 약속한 장소에서 만나기로 하고 헤어졌다.

Ⅶ

파홈은 깃털 침대에 누웠지만 좀체 잠을 이룰 수가 없었다. 땅 생각이 머릿속을 떠나지 않았다. '최대한 넓게 돌아야 하는데! 요즘은 해가 기니까 56킬로미터 정도는 너끈히 돌 수 있을 거야. 그 정도면 넓이가 얼마나 되려나? 그중 안 좋은 땅은 팔거나 다른 농부들에게 빌려주고 좋은 땅에는 농장을 지어야겠어. 소 두 마리를 사고 일꾼도 두어 명 고용해야지. 150에이커 정도는 농사를 짓고 나머지는 가축을 기르는 거야.'

파홈은 이런 생각으로 밤을 꼴딱 새우고 새벽녘에야 겨우 잠이 들었다. 잠이 들자마자 꿈을 꾸었다. 꿈속에서 그가 천막 안에 누워 있는데 누군가 바깥에서 숨이 넘어가도록 웃는 소리가 들렸다. 누구인지 궁금

해서 일어나 나가보니 바시키르의 촌장이 천막 앞에 앉아 배를 잡으며 웃어대고 있었다.

파홈은 촌장에게 다가가 물었다. "왜 이렇게 웃고 계십니까?"

그런데 그 순간 촌장이 얼마 전 그의 집에 들러 바시키르의 땅 이야기를 해준 상인의 모습으로 변하는 거였다. 파홈이 "여긴 웬일이오?" 물으려는 순간, 그는 다시 오래전 볼가 강 너머에서 왔다던 농부의 모습으로 바뀌었다. 그러더니 뿔이 달리고 발굽이 있는 악마가 그 자리에 앉아 숨이 넘어가도록 웃었고, 그 앞에는 한 남자가 맨발에 셔츠와 바지만 입은 채 바닥에 엎드려 있었다. 가까이 다가가 누구인지 자세히 살펴보니 그 남자는 죽어 있었다. 놀랍게도 그 사람은 파홈 자신이었다! 그는 소스라치게 놀라 잠에서 깨어났다.

'무슨 꿈이 이렇담.' 하고 생각하며 문을 열고 주위를 둘러보니 어느새 동이 터오고 있었다. '일어날 시간이군. 어서 출발해야지.' 그는 마차에서 자는 하인을 깨워 말을 준비시키고 바시키르 사람들을 부르러 갔다.

"이제 땅을 고르러 초원으로 갈 시간입니다."

바시키르 사람들이 모두 모였다. 촌장도 그 자리에 함께 했다. 그들은 다시 술을 마시기 시작하면서 파홈에게 차를 권했다. 하지만 그는 기다릴 여유가 없었다.

"어서 갑시다. 이젠 출발해야 한다고요."

Ⅷ

바시키르 사람들이 준비를 마치자 다 함께 출발했다. 어떤 이들은 말을 타고 어떤 이들은 마차를 탔다. 파홈은 삽을 챙겨 하인을 데리고 마차에 올랐다. 초원에 이르니 날이 환하게 밝아오기 시작했다. 그들은 바시키르 말로 '시칸'이라 부르는 언덕에 오르자 말과 마차에서 내려 한데 모였다.

촌장이 파홈에게 다가오더니 팔을 뻗어 눈앞에 펼쳐진 평원을 가리키며 말했다. "보시오, 당신 눈앞에 펼쳐진 이 땅이 모두 우리 땅이오. 어디든 마음에 드는 곳을 골라요."

파홈은 두 눈을 반짝였다. 땅은 손바닥처럼 평평하고 양귀비 씨앗처럼 검은 처녀지였고, 구덩이에는 온갖

풀이 가슴 높이까지 자라 있었다.

촌장이 여우털 모자를 벗어 땅에 내려놓으며 말했다. "이걸로 표시해둡시다. 여기를 출발점으로 해서 다시 돌아오는 거요. 그러면 당신이 지나온 곳은 전부 당신 땅이 되는 거요."

파홈은 돈을 꺼내 촌장의 모자에 올려놓았다. 그러고는 코트를 벗고 조끼만 입은 채 허리띠를 단단히 고쳐매고는 빵주머니를 품에 넣고 물병을 허리춤에 매달았다. 부츠를 바짝 당겨신고 하인에게서 삽을 받은 뒤 출발점에 섰다. 잠깐 동안 어느 방향으로 가는 게 좋을지 생각해보았다. 어디든 다 좋아 보였다. '어느 쪽이든 상관없을 거야. 그러니 해 뜨는 방향으로 가자.' 하고 마음먹었다. 그는 고개를 돌려 동쪽을 바라보고 기지개를 켜며 지평선 너머로 해가 떠오르기를 기다렸다. '시간을 허비해선 안 돼. 선선할 때 걸어야 덜 힘들어.' 해 뜨기가 무섭게 파홈은 어깨에 삽을 걸쳐메고 초원으로 내려갔다.

파홈은 느리지도 빠르지도 않게 속도를 조절하며 걷기 시작했다. 1킬로미터쯤 걸은 뒤 멈춰서 구멍을 파고 눈에 잘 띄도록 풀을 여러 층으로 쌓았다. 그리고 다시 걸음을 재촉했다. 걷다 보니 뻣뻣했던 몸도 풀려 속도가 더 빨라졌다. 잠시 후 그는 또 구멍을 팠다. 뒤를 돌아보니 햇빛을 받아 언덕과 그 위의 사람들, 반짝이는 마차 바퀴가 또렷하게 보였다. 대충 어림해보니 5킬로미터쯤 온 것 같았다. 날이 점점 더워지자 그는 조끼를 벗어 어깨에 걸치고 계속 걸어갔다. 이제는 꽤 더워졌다. 태양의 위치를 보니 아침 먹을 시간인 것 같았다.

'목표 지점의 4분의 1 정도 왔군. 하지만 방향을 전환하기에는 아직 일러. 부츠나 벗고 가자.' 그는 앉아서 부츠를 벗어 허리춤에 끼우고 다시 걸어갔다. 이제는 좀 더 걷기 편했다. '5킬로미터만 더 가서 왼쪽으로 방향을 돌리자. 땅이 너무 좋으니 놓치기 아깝구나. 갈수록 땅이 좋아 보이는군.' 이런 생각을 하며 한참을 나아가다 뒤를 돌아보니 언덕이 희미해지면서 그 위의 사람들은 검은 개미처럼 조그맣게 보였다. 햇빛을 받아 반짝이는 작은 물체로 보일 뿐이었다. '이쪽은 충분히 온 것 같으니까 방향을 바꿔야겠어. 땀깨나

흘렸더니 엄청 목이 마르군.'

그는 걸음을 멈추고 큰 구멍을 판 뒤 풀을 쌓아올렸다. 다음은 허리춤에 묶어둔 물병을 풀어 물을 마시고 곧장 왼쪽으로 방향을 틀었다. 그는 높이 자란 풀을 헤치며 걷고 또 걸었다. 한낮이 가까워지면서 날은 굉장히 더워졌다.

파홈은 피곤해지기 시작했다. 태양의 위치를 쳐다보니 벌써 정오였다. '이제 좀 쉬자.' 그는 자리에 앉아 빵 몇 조각을 먹고 물을 마셨다. 하지만 잠이 들까 염려되어 드러눕지는 않았다. 잠시 앉아 쉬고 다시 걷기 시작했다. 식사한 뒤라 처음에는 기운이 났지만 뜨거운 날씨 탓에 졸음이 쏟아졌다. 하지만 '한 시간 고생을 참으면 여생이 편하다'라는 생각으로 계속해서 걸음을 옮겼다.

이 방향으로 한참을 이동한 뒤 다시 왼쪽으로 방향을 옮기려 할 때, 앞에 깊은 분지가 보였다. '여길 놓쳤더라면 후회할 뻔했어. 아마를 기르기 좋은 땅인데 말이야.' 그는 이 분지를 지나 방향을 틀며 그 자리에 구멍을 파고 언덕 쪽을 뒤돌아보았다. 땅의 열기로 피어오른 아지랑이 때문에 언덕 위의 사람들이 거의 보이지 않았다.

'아차! 너무 멀리 왔군. 이번에는 가까운 데서 방향을 바꿔야지.' 그리고 걸음을 재촉했다. 태양의 위치를 보니 아까보다 반 정도 지평선에 가까워졌는데, 세 번째 이동에서는 아직 3킬로미터도 오지 못했다. 출발점까지는 아직 16킬로미터가 남아 있었다. '이런, 땅이 한쪽에 치우치더라도 이 길로 서둘러 돌아가야겠다. 그래도 멀리까지 왔으니 많은 땅을 확보한 거야.' 파홈은 서둘러 구멍을 판 뒤 언덕을 향해 직진했다.

Ⅸ

파홈은 언덕 쪽으로 곧장 움직였지만 이제는 걸을 기운이 없었다. 더위에 지친 데다 맨발은 베이고 멍든 상태이며 다리도 저려오기 시작했다. 그는 쉬고 싶었지만 해 지기 전까지 돌아가려면 그럴 시간이 없었다. 태양은 그를 기다려주지 않고 점점 저물어갔다. 파홈은 걷고 또 걸었다. 지쳐서 걷기 힘들었지만 서둘러 걸었다. 아무리 걸어도 출발점은 아직 멀기만 했다.

그는 조끼며 부츠와 물병, 모자를 집어던지고 지팡이로 이용하는 삽 하나만 손에 쥔 채 달리기 시작했다. '이제 어쩐다지. 너무 욕심 부리다 전부 잃게 생겼구나. 해 지기 전까지 출발점에 도착하지 못할 거야.'

두려움에 숨이 막혀왔다. 파홈은 달리고 또 달렸다. 셔츠와 바지가 땀에 흠뻑 젖어 몸에 달라붙고 입은 바싹 말랐다. 대장장이가 쇠를 두드릴 때처럼 숨이 가빠오고 망치로 두드리듯 심장이 쿵쾅댔다. 그의 다리는 더 이상 자신의 것이 아닌 듯 힘이 풀려 주저앉기 직전이었다. 파홈은 탈진해 죽을지도 모른다는 공포에 휩싸였다.

죽음의 공포가 그를 엄습했지만 이대로 멈출 수는 없었다. '이렇듯 내내 달려놓고 이제 와서 멈춘다면 바보 취급을 당하고 말 거야.' 이런 생각에 달리고 또 달렸다. 출발점 근처에 이르자 바시키르 사람들이 그에게 고함 지르는 소리가 들렸다. 그들의 외침이 파홈의 용기를 북돋워주었다. 그는 마지막 남은 힘을 끌어올려 달려갔다.

태양은 지평선 가까이 내려앉으며 피처럼 붉은 그

림자를 넓게 드리웠다. '그래, 이제 해가 지려는 거야!' 해가 거의 저물어갈 때쯤 파홈도 출발점 가까이 이르렀다. 이제 언덕 위에서 힘내라고 팔 흔드는 사람들의 모습이 보였다. 그리고 바닥의 여우털 모자와 그 위에 놓인 돈, 배를 움켜쥐고 바닥에 앉아 있는 촌장이 보였다. 그제야 파홈은 간밤의 꿈이 생각났다. '넓은 땅이 있어. 그런데 하느님께서 내게 허락하실까? 난 죽었어, 죽었다고! 출발점에 도착하지 못할 거야!'

파홈은 태양을 바라보았다. 이미 땅으로 내려앉아 일부는 사라진 뒤였다. 그는 남은 힘을 끌어모아 몸을 숙이고 다리를 끌면서 나아갔다. 마침내 언덕에 도착하니 갑자기 사방이 어두워졌다. 하늘을 올려다보니 이미 해가 저문 뒤였다. "노력이 허사로 돌아갔구나." 그는 울부짖으며 멈춰서려 했지만 바시키르 사람들이 아직도 고함치는 소리가 들렸다. 아래쪽에 있는 그에게는 해가 진 것처럼 보이지만 언덕 위에 있는 사람들에게는 아직 해가 보인다는 사실이 떠올랐다.

그는 깊게 숨을 내쉬고 언덕을 향해 달려 올라갔다. 그곳에는 아직 빛이 남아 있었다. 그는 꼭대기에 이르러 모자가 있는 쪽을 쳐다보았다. 그 앞에 촌장이 배를 잡고 웃으며 앉아 있었다. 파홈은 다시 지난밤 꿈이 떠올라 울부짖었다. 다리 힘이 풀려 앞으로 넘어지며 손으로 모자를 잡았다.

"오, 행운의 친구여! 마침내 저 넓은 땅을 얻었구려!" 촌장이 외쳤다.

파홈의 하인이 달려와 일으키려 했지만, 그는 피를 토하고 죽은 뒤였다.

바시키르 사람들은 쯧쯧 혀를 차며 동정했다.

그의 하인이 삽을 집어 들어 무덤을 파고 파홈을 묻었다. 머리부터 발끝까지 2미터 남짓한 땅이 그에게 필요한 전부였다.

수라트의 찻집

*

ㅇ베르나르댕 드 상피에르의 작품을 번안함.

인도 수라트 마을에 찻집이 있었다. 전 세계 여행자와 외국인들이 모여서 이야기를 나누는 장소였다. 어느 날 학식이 높은 페르시아인 신학자가 찻집에 들렀다. 그는 신의 존재를 탐구하며 이에 대한 책을 읽고 쓰는 데 평생을 바친 사람이었다. 하지만 신에 대해 너무 많이 생각하고 읽고 쓴 나머지 정신이 이상해져서 모든 것을 혼란스러워하다가 신의 존재를 믿지 않기로 하자, 이 소식을 들은 황제가 그를 페르시아에서 추방한 터였다.

신의 존재를 탐구하느라 평생을 바쳤으나 정신이 이상해진 불운한 신학자는 자신이 이상해졌다는 사실을 깨닫지 못하고 오히려 우주를 지배하는 최고의 이성이란 없다고 생각했다. 그에게는 어디를 가든 데리고 다니는 아프리카인 노예가 있었다. 신학자가 찻집에 들어가면 노예는 마당 양지바른 곳 바위에 앉아 윙윙거리며 달려드는 파리를 쫓으면서 그를 기다렸다.

페르시아인 신학자는 찻집의 긴 의자에 앉아 아편차 한 잔을 주문했다. 차를 마시고 아편 기운이 돌자 찻집의 문을 열고 노예에게 말을 걸었다. "이봐, 이 빌어먹을 노예야, 너는 신이 있다고 생각하느냐, 아니면 없다고 생각하느냐?"

"물론 계십죠." 노예가 대답하며 허리춤에서 작은 나무 조각상을 꺼냈다. "이것 보십쇼. 이것이 바로 제가 태어난 날부터 저를 지켜준 신입니다요. 제 고향에서 모든 이들이 숭배하는 나무의 가지로 만든 것입죠."

찻집의 다른 손님들은 이들의 대화를 듣고 깜짝 놀랐다. 주인의 질문도 놀랍지만 노예의 대답은 더욱 놀라웠다.

노예의 대답을 들은 브라만이 그를 향해 말했다. "이런 어리석은 놈 같으니라고! 신이 인간의 허리춤에 계시다고 믿다니! 신은 오직 한 분, 브라마 신뿐이야. 그분은 이 세상 무엇보다 위대하시지. 바로 이 세상을 창조하신 분 아닌가. 브라마 신이야말로 유일하시며 전지전능한 존재라고. 그분을 모시기 위해 세운 갠지스 강가의 사원마다 신실한 사제인 브라만들이 그분을 섬기고 있네. 신의 참된 모습을 아는 건 이들뿐이지. 수천 년이 흐르는 동안 세상에 많은 변화가 일어났지만 이들 사제는 흔들림 없이 믿음을 유지했다네. 유일한 신이신 브라마의 보호를 받았기 때문이지." 브라만은 자신의 이야기가 찻집의 모든 이를 설득했으리라 생각했다.

하지만 유대인 상인이 그의 이야기에 반박하고 나섰다. "아닙니다! 진정한 신의 사원은 인도에 있지 않습니다. 또한 신께서는 브라만 계급을 보호하시지도 않지요. 진정한 신은 브라만들의 신이 아니라 아브라함, 이삭, 야곱의 신이십니다. 그리고 그분께서는 다른 누구도 아닌 그분이 선택하신 민족, 바로 이스라엘

백성만 보호하십니다. 세상이 창조된 이래 그분의 사랑을 받은 민족은 바로 우리뿐입니다. 비록 지금은 우리 민족이 전 세계에 뿔뿔이 흩어져 살아도 신께서는 약속을 지켜서 언젠가 우리 민족을 예루살렘에 모아 고대의 기적이었던 예루살렘 성전의 영화를 재건하시고 이스라엘 민족을 온 세상의 지배자로 삼으실 겁니다." 유대인은 말을 맺으며 눈물을 터뜨렸다.

그는 말을 더 이어가려 했지만 이탈리아인 선교사가 끼어들었다. "이런 말도 안 되는 소리가 어디 있소!" 그가 유대인을 향해 말을 이었다. "당신은 신을 불공평한 존재로 만들었소. 그분께서는 다른 어떤 민족보다 당신네 민족을 더 사랑하시지 않소. 오히려 오래전 그분께서 이스라엘 민족을 더 사랑하셨다 하더라도 주님의 분노를 사서 1900년이 넘는 세월 동안 나라를 잃은 채 온 세계에 흩어져 살지 않습니까? 그렇기 때문에 당신네 종교로 개종하는 이 하나 없이 그저 명맥을 유지할 뿐이지요. 신께서는 편애하시지 않고 구원받고자 하는 모든 이를 로마가톨릭의 품 안에 포용하십니다. 하지만 로마가톨릭 밖에서는 구원받을 수 없습니다."

그러자 새파랗게 질린 개신교 목사가 기가 막힌다는 듯 가톨릭 선교사에게 외쳤다. "어떻게 당신네 종교 안에서만 구원받을 수 있다고 말하는 거요? 성서에 따라 하느님을 섬기며 영적으로나 실생활에서 하느님 말씀에 따라 살기만 한다면 구원받을 수 있소."

그때 찻집 한쪽에서 파이프 담배를 피우던 수라트 세관원인 터키인이 가소롭다는 듯 두 기독교도를 바라보며 말했다. "로마 교회를 믿어봐야 아무 소용 없소. 당신네 신앙은 이미 1200년 전에 진정한 신앙인 마호메트의 신앙으로 바뀌었소. 진정한 마호메트의 신앙이 유럽과 아시아, 심지어 문명이 발달한 중국까지 퍼져나가는 현실을 모른다고 하지는 않겠지요? 당신들 입으로 유대인은 신께 버림받았다고 말했소. 그 증거로 유대인은 가는 곳마다 멸시받으며 그들의 신앙이 퍼져나가지 못한다고 인정했지요. 그러면 이슬람의 진정성을 인정해야 합니다. 이슬람은 나날이 융성해지며 전 세계로 퍼져나가니까요. 신의 마지막 예언자 마호메트의 가르침을 따르는 사람들, 그중에서도 알리파가 아닌 오마르파만 구원받을 수 있습니다. 알리파의 신앙은 잘못되었기 때문이지요."

이 말을 듣고 알리파였던 페르시아인 신학자가 반박하려고 하자, 때 맞춰 갖가지 신앙과 신념을 가진 사람들이 일제히 논쟁을 벌이기 시작했다. 그중에는 아비시니아 기독교도, 티베트의 라마승, 이스마일파, 조로아스터교도도 있었다. 모두 신의 본성과 신을 믿는 방법을 두고 치열한 논쟁을 펼치며, 저마다 자기 민족만이 진정한 신의 모습을 알고 바르게 신을 섬긴다고 주장했다.

모두 목소리를 높여 말다툼하고 있을 때, 공자의 가르침을 따르는 중국인만 이 논쟁에 끼어들지 않고 찻집 구석에 조용히 앉아 있었다. 그는 차를 마시며 다른 사람들의 이야기에 귀를 기울일 뿐 잠자코 입을 다물었다.

터키인이 조용히 앉아 있는 그를 보고는 다가갔다.

"이보시오, 중국 양반, 내 말이 맞는다고 생각하지 않소? 가만히 있지만 말고 내 의견을 좀 지지해주시오. 세관에서 나를 거쳐 가는 당신네 나라 상인들 말로는 중국인은 중국에 유입된 많은 종교 중에서 이슬람교를 최고로 여기고 기꺼이 받아들인다고 합디다. 그러니 내 지지자로서 진정한 신과 그분의 예언자에 대해 의견을 말해주지 않겠소?"

"그래, 그래." 다른 사람들도 중국인을 바라보며 말했다. "이 문제에 대해 당신 생각을 말해보시오."

공자의 학인學人인 중국인은 눈을 감고 잠시 생각에 잠겼다 다시 눈을 뜨고는 넓은 소매에서 두 손을 꺼내 가슴에 포개며 침착한 목소리로 나직이 입을 열었다. "여러분, 저는 신앙 문제에서 의견의 일치를 보기 어려운 건 자존심 때문이라고 생각합니다. 여러분이 제 말에 귀를 기울여주신다면 예를 들어 설명하겠습니다. 저는 세계 일주를 하는 영국 증기선을 타고 중국에서 여기까지 왔습니다. 도중에 식수를 얻기 위해 수마트라 섬 동쪽 해안에 정박했습니다. 때는 한낮이었고, 몇몇 사람은 원주민 마을에서 그리 멀지 않은 해안가의 야자수 그늘에 앉았지요. 저를 비롯해 모두 다른 나라에서 온 사람들이었습니다. 그곳에 앉아 있는데 장님이 우리에게 다가왔습니다. 나중에 알게 된

일입니다만, 그는 태양이 무엇인지 알고 싶어서 오랫동안 끈질기게 태양을 쳐다보다 눈이 멀었다더군요. 햇빛을 붙잡으려고 눈도 끔벅이지 않은 채 한참 동안 태양을 쳐다보았지만 아무것도 얻지 못한 채 눈이 멀고 말았던 겁니다. 마침내 그는 '햇빛은 액체가 아니다. 액체라면 병에 옮겨담을 수 있을 테고 바람이 불면 물처럼 흔들리겠지. 햇빛은 불도 아니다. 불이라면 물에 꺼질 테니까. 그렇다고 해서 영혼도 아니다. 눈에 보이니 말이다. 움직일 수 없는 걸 보면 고체도 아니다. 그러므로 태양의 빛은 액체도 불도 영혼도 고체도 아닌, 존재하지 않는 것이다!' 하고 결론 내렸습니다. 태양만 바라보고 태양에 대해서만 생각한 나머지 시력뿐 아니라 이성도 잃고 말았습니다. 그리하여 장님이 되었을 때는 태양이란 존재하지 않는다고 확신하게 되었습니다.

이 장님은 노예를 데리고 다녔습니다. 그날도 노예는 주인을 야자나무 그늘에 앉히고는 바닥에 떨어진 코코넛 열매를 주워 등을 만들기 시작했습니다. 코코넛 섬유를 꼬아 심지를 만들고 열매에서 기름을 짜내 그 안에 심지를 넣었습니다. 노예가 등을 만드는 동안 장님은 한숨을 내쉬며 말했습니다. '이 녀석아, 내가 태양은 없다고 했는데 내 말이 맞지 않느냐? 보거라, 지금 얼마나 어두우냐. 하지만 사람들은 태양이 있네 마네 떠들어대지. 그러면 대체 태양이란 게 무엇이냐?' '전 태양이고 뭐고 잘 모릅니다요. 저하고는 상관도 없는 일이니까요. 그렇지만 빛에 대해서는 잘 알고 있습니다. 이제 등불을 다 만들었습니다. 이것만 있으면 밤에도 나리를 잘 모실 수 있고 방 안의 물건도 찾을 수 있지요.' 노예는 야자수 껍질로 만든 등을 들고 말을 이었습니다. '이것이 저의 태양입니다.'

그들 가까이 앉아 있던 목발을 짚은 절름발이 남자가 이들의 대화를 듣고는 웃음을 터뜨리며 장님에게 말했습니다. '보아하니 평생 장님으로 살아온 것 같군요. 태양이 무엇인지 모르는 걸 보니 말이오. 그러면 내가 알려드리리다. 태양이란 건 말이오, 불덩어리입니다. 매일 아침 바다에서 솟아올라 매일 저녁 이 섬의 저 산 너머로 지지요. 우리 모두 그걸 봅니다. 당신도 눈이 멀지 않았다면 볼 수 있을 텐데 말이오.'

그러자 그 대화를 듣고 있던 어부가 끼어들었습니다. '아무래도 당신은 이 섬 밖으로는 한 번도 나가보지 못한 모양이구려. 당신이 절름발이가 아니라면 나와 배를 타고 나가, 태양이 이 섬의 산으로 지는 것이 아니라 매일 아침 바다에서 떠올라 매일 저녁이면 바다로 지는 모습을 볼 수 있을 텐데 말이오. 내 말이 진실이오. 매일같이 이 두 눈으로 그 광경을 똑똑히 보거든.'

이번에는 인도 사람이 끼어들었습니다. '이성을 가진 인간이 그런 터무니없는 소리를 하다니 정말 놀랍군요. 불덩어리가 물에 떨어지고도 어떻게 꺼지지 않을 수 있소? 태양은 불덩어리가 아니라 데바라는 신이오. 그분께서는 전차를 타고 메루라는 황금 산을 오가지요. 때로는 라구라고도 하고 케투라고도 하는 악마의 사자가 데바 신을 공격하여 삼켜버리는데, 바로 그 때문에 세상이 어두워지는 거라오. 하지만 우리 사제들이 신께서 풀려나시길 기도하면 풀려나시지요. 섬 밖의 세상에 가보지 못한 당신처럼 무지한 자들만 태양이 자신의 땅만 비춘다고 생각하는 겁니다.'

그때 우리가 타고 온 배의 주인인 이집트인이 입을 열었습니다. '그렇지 않소. 당신도 틀렸소. 태양은 신도 아니고 인도와 황금 산 주위만 움직이지도 않소. 나는 흑해에서 아라비아 해안을 따라 항해했고, 마다가스카르와 필리핀까지 가보았습니다. 태양은 인도만이 아니라 온 세상을 비추고 있었소. 어느 산 주위를 도는 것이 아니라 일본 너머 머나먼 동쪽에서 떠올라 영국 너머 머나먼 서쪽으로 지는 겁니다. 일본인이 자기 나라를 일본, 즉 태양이 떠오르는 나라라고 부르는 이유지요. 나는 이 사실을 잘 알고 있습니다. 내 두 눈으로 직접 보기도 했고, 머나먼 바다 끝까지 항해하신 할아버지께 듣기도 했으니까요.'

그가 말을 이어가려 했지만 그때 우리 배의 영국인 선원이 끼어들었습니다. '영국인보다 태양의 움직임에 대해 많이 아는 사람은 없을 겁니다. 영국에서는 누구나 아는 일이지만 태양은 어디에서 떠오르거나 어디로 지지 않습니다. 태양은 항상 지구 주위를 돌거든요. 이건 확실한 사실입니다. 우리가 지구를 한 바퀴 돌았지만 어디에서도 태양과 부딪치지 않은 걸 보십시오.

우리가 어딜 가든 태양은 아침에 떠올라 밤이면 집니다. 여기서처럼요.' 영국인은 막대기를 들어 모래사장에 원을 그리며 태양이 어떻게 지구 둘레의 하늘을 도는지 설명하려 했다. 그렇지만 제대로 설명하기 힘든지 항해사를 가리키며 말했다. '이 사람은 나보다 더 많이 아니까 좀 더 제대로 설명해줄 겁니다.'

지혜로운 항해사는 발언 기회를 얻을 때까지 조용히 이야기를 듣다가 모두의 얼굴이 그를 향하자 입을 열었습니다. '여러분은 자신의 잘못된 지식을 확신하며 서로에게 틀린 지식을 전하고 있습니다. 태양이 지구 주위를 도는 것이 아니라 지구가 태양 주위를 도는데, 이와 동시에 지구 자체도 24시간 주기로 회전하고 있습니다. 일본, 필리핀, 지금 우리가 있는 수마트라뿐 아니라 아프리카, 유럽, 아메리카 대륙을 비롯해 다른 섬들 역시 마찬가지입니다. 태양은 어떤 산 혹은 어떤 섬이나 바다, 심지어 지구만 비추는 것이 아니라 다른 행성들도 비추고 있습니다. 여러분이 발밑의 땅만 바라보지 않고 고개 들어 하늘을 올려다보기만 해도 이해할 수 있습니다. 그러면 더 이상 태양이 당신들

혹은 당신들의 나라만 비추고 있다는 생각이 들지 않을 겁니다.' 전 세계를 수없이 여행한 현명한 항해사는 이렇게 말하며 하늘을 올려다보았습니다. 신앙의 문제도 이와 같습니다."

공자의 학인인 중국인이 말을 이었다. "인간들 사이의 갈등이나 불화를 조장하는 건 바로 자만심입니다. 태양의 이야기는 곧 신에 대한 이야기와 같습니다. 사람들은 저마다 자기만 혹은 자기 민족만 특별한 신을 섬기고자 각자의 사원에 신을 가둬두려 합니다. 그러면 신의 가르침은 세상으로 펼쳐지지 못하지요. 이러한 사원을, 온 세상 사람들을 하나의 신앙과 종교로 결합하려고 신께서 세운 사원과 비교나 할 수 있을까요? 인간이 세운 모든 사원은 이러한 사원, 즉 신께서 사는 세상을 표본으로 만든 것에 불과합니다. 모든 사원에는 세례반이 있고 아치형 지붕과 등, 그림이나 조각상, 비문, 경전과 공물, 제단, 사제가 있습니다. 그런데 대체 어떤 사원에 바다처럼 넓은 세례반, 하늘처럼 둥근 아치형 지붕, 해와 달, 별처럼 환하게 빛나는 등, 서로 돕고 사랑하는 살아 있는 인간 같은 성상이 있습니까? 신께서 인간의 행복을 바라며 뿌리신 은총처럼 신의 선의善意를 이해하기 쉬운 기록이 어디 있단 말입니까? 우리들 각자의 마음에 새겨진 것보다 쉬운 율법서가 어디에 있을까요? 서로를 사랑하기 위해 극기하는 것만큼 아름다운 공물은 어디 있습니까? 신께서 직접 공물을 받으시는 선량한 인간의 마음보다 좋은 제단이 어디에 있습니까? 신의 존재를 이해하면 할수록 우리는 신을 더 잘 알게 됩니다. 더 잘 알게 될수록 그분께 가까워지며 그분의 선의, 자비, 인류애를 본받게 됩니다. 그러니 이 세상을 가득 채운 태양빛을 본 사람이 우상에 사로잡힌 사람을 비난하거나 경멸해서는 안 됩니다. 우상의 눈으로 한 줄기 빛만 본 사람들 말입니다. 눈이 멀어 태양을 볼 수 없는 불신자不信者 역시 경멸해서도 안 됩니다."

공자의 학인인 중국인이 말을 마치자, 찻집의 모든 이는 일제히 입을 다물고 더 이상 어떤 신앙이 더 나은지 다투지 않았다.

톨스토이

Lev Nikolayevich Tolstoy, 1828~1910

19세기 러시아 문학을 대표하는 작가이자 사상가이다. 야스나야 폴랴나 지역의 지주로 인생의 대부분을 농민 가까이에서 보냈다. 1851년 육군에 입대했고 다음 해 자전소설인 「유년시대」를 익명으로 발표하며 작품 활동을 시작했다. 도시에서 지내는 동안은 방탕한 생활에 빠져 도박 빚을 지기도 했다. 전역한 뒤 프랑스와 이탈리아, 독일을 여행하고 고향으로 돌아왔다. 1862년 결혼한 후 문학에 전념하여 러시아 사회를 사실적으로 그려낸 불후의 명작 「전쟁과 평화」, 「안나 카레리나」 등을 집필하였다. 40대 이후에는 삶과 죽음, 종교의 문제를 깊이 숙고하며 수많은 저작을 남겼다. 1910년 가족과의 불화로 가출을 감행했고, 기차 여행 중 걸린 감기가 폐렴으로 번져 집을 떠난 지 열흘 만에 사망하였다.

사람은 무엇으로 사는가

2017년 2월 2일 1판 1쇄 발행
2022년 4월 20일 1판 2쇄 발행
지 은 이 레프 톨스토이
옮 긴 이 임지연
발 행 인 이상영
편 집 장 서상민
편 집 인 이다인, 이경은, 한성옥
디 자 인 오소명
마 케 팅 박진솔
교정 · 교열 노경수
펴 낸 곳 디자인이음
등 록 일 2009년 2월 4일:제300-2009-10호
주 소 서울시 종로구 효자동 62
전 화 02-723-2556
메 일 designeum@naver.com
blog.naver.com/designeum
instagram.com/design_eum

*잘못된 책은 바꾸어 드립니다.